ÉDITIONS TONKAM

HAKAIJU

Imprimé dans le mensuel *Shônen Champion.*

Volume. 2

SHINGO HONDA

PRÉSENTATION DES PERSONNAGES

SHIRASAKI NAO

Présidente des élèves du lycée, elle est dans la même classe qu'Akira. Après l'avoir sauvée, Akira et elle s'enfuient.

TAKASHIRO AKIRA

Élève de première. Son lycée est attaqué par d'étranges créatures qui massacrent tous ses camarades. Pourchassé par ces monstres, il réussit à s'échapper.

TADOKORO

Voyou dans le même lycée qu'Akira. Il a survécu au massacre de ses camarades et a rejoint Akira et Nao réfugiés dans un parking.

AIZAWA MIKU

Amie d'Akira et d'Eiji. Elle a déménagé dans un autre département, mais se trouve à Tachikawa quand les monstres attaquent la ville. Elle est considérée comme disparue.

KUDÔ EIJI

Meilleur ami d'Akira depuis l'enfance. Tous les deux font partie du club de basket. Eiji est porté disparu, dévoré par les monstres.

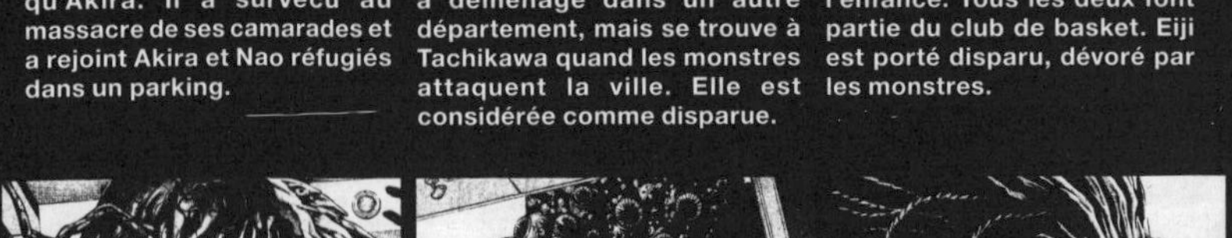

D'ÉTRANGES CRÉATURES

Elles sont apparues juste après le séisme. On ne sait que peu de choses. Elles sont d'aspect et de tailles différentes. Elles massacrent et dévorent les humains. Mais quel est leur but ?

RÉSUMÉ

Tachikawa, dans la région de Tokyo. Akira est un lycéen en classe de première. Avec son ami Eiji, ils sont inscrits au club de basket et vivent une adolescence tranquille...
Un après-midi, Akira et Eiji se rendent au gymnase pour l'entraînement de basket. Alors qu'Akira est dans la réserve pour récupérer des ballons, un énorme séisme se fait ressentir !

Akira est renversé par une armoire et perd connaissance. Dans la noirceur du gymnase sans électricité, Akira se réveille et découvre une chose atroce... Le bras de son meilleur ami, Eiji... Mais surtout ce qui mâche son extrémité... Une créature inconnue !!

Le monstre dévaste le lycée.

Akira s'enfuit. Il ne veut pas devenir la prochaine nourriture de ces monstres. Grâce à la lumière de son portable, il voit les cadavres de lycéens qui s'étaient réfugiés dans le bâtiment principal.

C'est alors qu'au détour d'une salle, il aperçoit Nao, la Présidente des élèves, hurlant de terreur.

À la recherche d'un endroit sûr, ils tombent sur Tadokoro qui est dans le même lycée. Mais les monstres ne sont jamais loin. Au prix de sacrifices et d'une course sans fin, ils arrivent enfin à la gare de Tachikawa. C'est là que le monstre géant qui a détruit le lycée les attend.
Cette pression et cette peur ne va aller qu'en grandissant...

HAKAIJU Volume. 2

SOMMAIRE

CHAPITRE 4 : LES SURVIVANTS
BOOM
KRAAK
BOOM
BOOM
BOOM

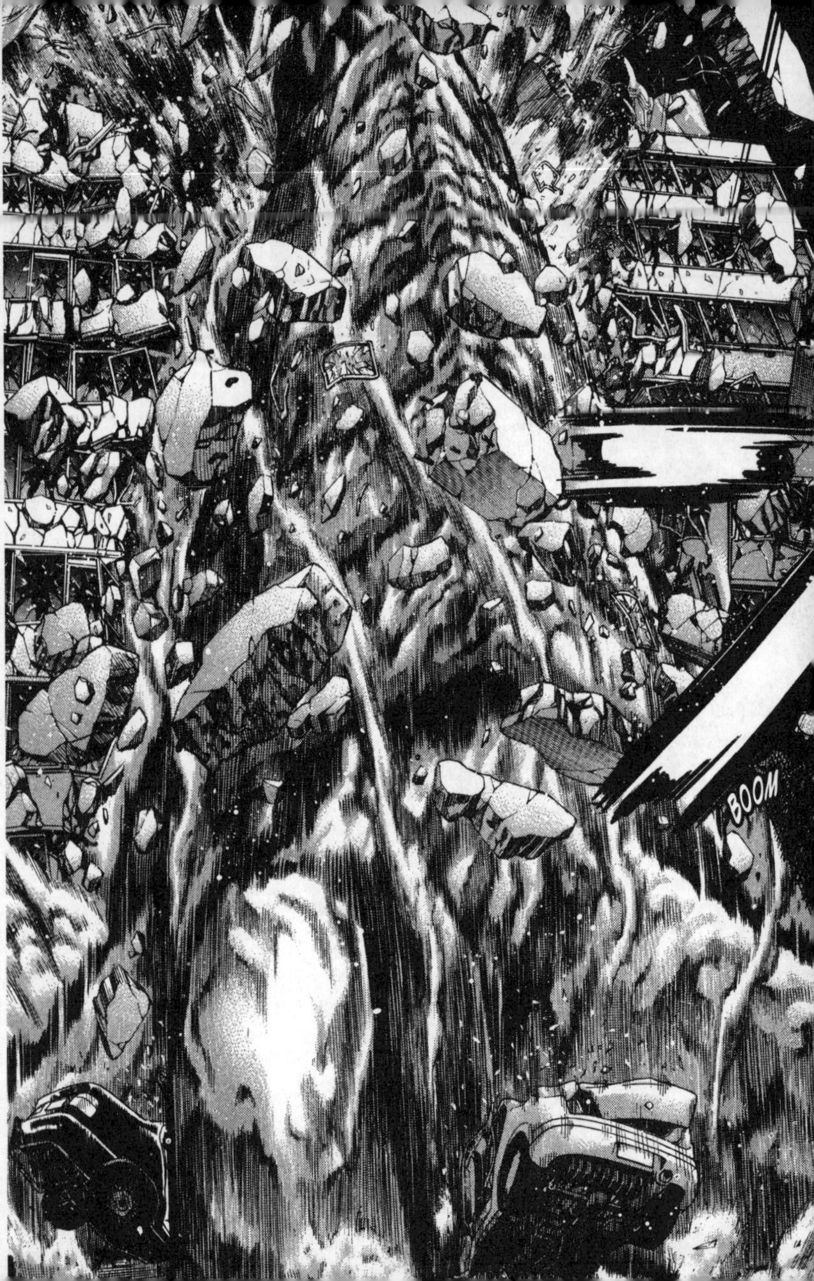
BOOM

CRAASH

FLAP
FLAP
BOOM
BOOM
BOOM
BOOM

ゴ
BOOM
ISETAM
ゴ
BOOM

ゴ
BOOM
ゴ
BOOM
ゴ
BOOM
ゴ
BOOM
ゴ
BOOM
ゴ
BOOM

ARGH !!
TAKA-SHIRO !!
TA
SBAM
VOOM
VOOM
BROM
BROM
FLAP

VOOM
IL VA VERS LA SORTIE SUD ?
C'EST LE MOMENT !!
AAAAH
OUI...
IL FAUT SE BARRER D'ICI AU PLUS VITE !!

ON NE M'AVAIT PAS PARLÉ
DU GÉANT !!
HAA
HAA
LA FERME ET COURS !
!!
MERDE
ON NE PEUT PAS PASSER !!

HÉ
OÙ ALLER ?!
QUE FAIRE...
REVENEZ ! C'EST DANGEREUX LÀ-BAS !!
VITE !!
!!
UN HUMAIN...

PAR ICI ! PAR ICI !
PAR-DON...
JE SUIS SORTI POUR VOIR CE QU'ÉTAIT CE BRUIT ÉNORME...

ET LÀ, FACE À MOI TOUS LES BÂTIMENTS ÉTAIENT COMME ÇA...
C'EST...
HAA
ON PARLERA APRÈS !
FILONS À L'INTÉRIEUR AVANT QUE LES MONSTRES NE NOUS TROUVENT
ALLEZ, PLUS VITE !!
ON EST EN SÉCURITÉ LÀ-DEDANS !!
EUH...

ガシャン
CLANG
PAR ICI
C'EST LÀ

IL Y A DES GENS DANS LE CINÉMA
!
MIKU !!
NON...
JE NE VAIS PAS LA TROUVER AUSSI RAPIDEMENT...
MON CHER TAKASHIGE, QUI SONT CES GENS ?
JE LES AI TROUVÉS DEHORS. ILS ÉTAIENT EN DIFFICULTÉ !

DE PAR MON DEVOIR D'ENSEIGNANT, JE NE POUVAIS VOUS LAISSER LÀ !
DITES-NOUS PLUTÔT CE QU'IL SE PASSE DEHORS, TAKESHIGE !!
QUELLE ÉTAIT LA RAISON DE CE BRUIT ÉNORME ?
CE SONT LES ÉPOUX NISHINA, LES PROPRIÉTAIRES DE CE CINÉMA
VOUS ÉTIEZ DEHORS, VOUS EN SAVEZ PEUT-ÊTRE PLUS
IL EST TEMPS QUE JE ME PRÉSENTE
JE M'APPELLE MITSURU TAKESHIGE
JE SUIS PROFESSEUR DE SPORT

LE BRUIT DE TOUT À L'HEURE ET LA SECOUSSE...
C'EST BIEN TROP PUISSANT POUR ÊTRE DE LA FAUTE DES CRÉATURES DE TYPE VER, N'EST-CE PAS ?
HEIN ? VER ?
IL DOIT PARLER DE CES SALES MONSTRES, À L'ASPECT DE GROS INSECTES
MURAUCHI FAISAIT PARTIE D'UN CLUB CINÉPHILE UNIVERSITAIRE
NON... CE NE SONT PAS EUX, MAIS D'UN BIEN PLUS GROS... BIEN PLUS GRAND QUE LES IMMEUBLES
UN MONSTRE CAPABLE DE DÉTRUIRE LES BÂTIMENTS JUSTE EN MARCHANT

PLUS GRAND QUE LES IMMEUBLES
C'EST UNE BLAGUE, LÀ...
ÇA DEVIENT CRAIGNOS ICI...
ÇA...
J'AI PEUR, TAKUYA...
ÇA VA ALLER... JE SUIS AVEC TOI
QUE PERSONNE NE S'INQUIÈTE ! CE CINÉMA EST EN SOUS-SOL ET LES MURS SONT SOLIDES
C'EST COMME UN ABRI ATOMIQUE
VOUS AVEZ QUAND MÊME RÉUSSI À VOUS BALADER PARMI LES GROS VERS ET L'AUTRE GÉANT !
VOUS AVEZ VRAIMENT UNE CASE EN MOINS

IL PARTAIT VERS LA SORTIE SUD...
JE N'EN AI VU AUCUN VERS LA GARE
AH OUI ?!
...
COMMENT VOUS ÊTES-VOUS TOUS RETROUVÉS ICI ?
VOUS VOUS CONNAISSIEZ OU QUOI ?
NON
NOUS NOUS SOMMES VUS POUR LA PREMIÈRE FOIS HIER MIDI...

JUSTE APRÈS LE SÉISME...
ALLER DEHORS DEVRAIT-ÊTRE SÛR...
IL NE SEMBLE PLUS Y AVOIR DE SECOUSSE
PACHINKO SLOT
BON. ALLONS CHERCHER LA VOITURE

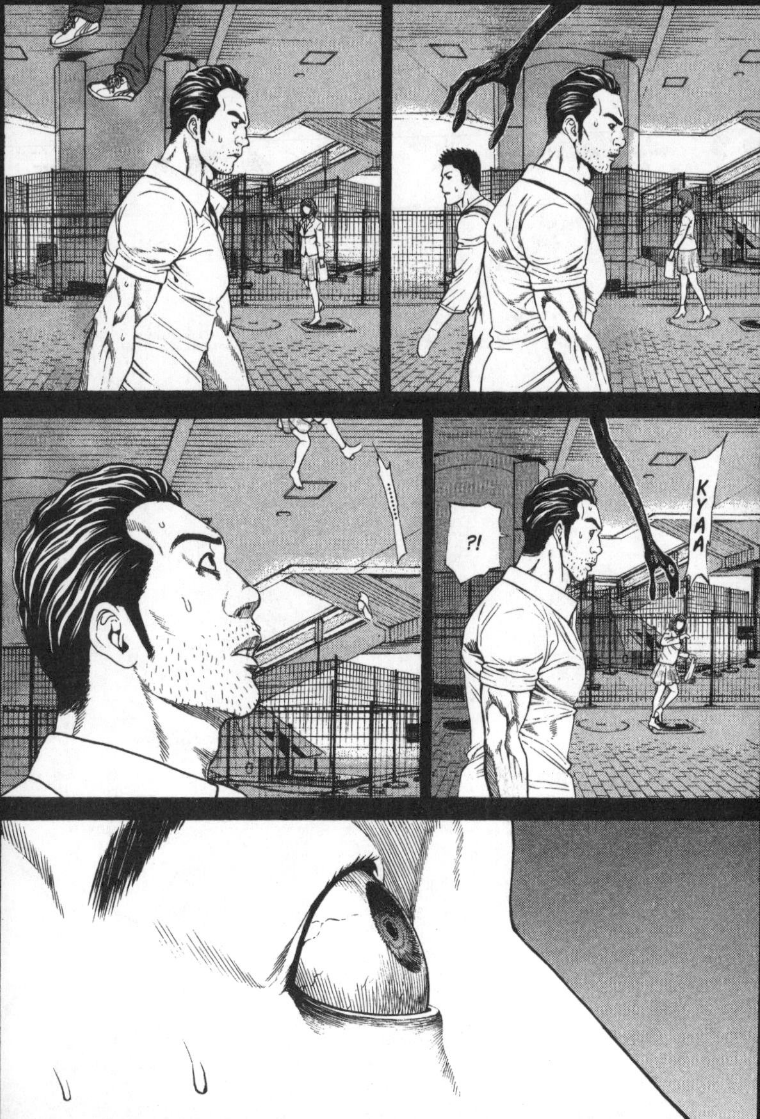
KYAA
?!

ごりゅっ
SCRONTCH
ゴギッ…
SCRONTCH
AAAAH

TOUT LE MONDE A PU SORTIR ?
LE SÉISME EST TERMINÉ, ON PEUT RETOURNER DANS LA SALLE ?
ふあ…
OUAAAH

J'AI SOMMEIL
OUAAAAH
KYAAA
?!
JE DOIS REVER
AAAAAH

MAIS... TAKUYA, C'EST QUOI ÇA ?
HEIN ! QU...
ÇA VIENT PAR LÀ !
UN MONSTRE BIEN RÉEL ?!
JE NE SAIS PAS TROP CE QUE C'EST, MAIS ÇA CRAINT ICI !

!
RENTREZ TOUS !!
VITE !!
AT-TEN-DEZ-MOI !!
LAISSEZ-MOI VENIR !
CLAP
CHÉRI, LE STORE !
OUI...
CLANG
CLANG
BAM

OUAAAAH
KYAAAA
AU SE-COURS !!
HAA
HAA
AAAAAH
À L'AIDE !!
MAIS QUE SONT CES MONSTRES ?
ON A RÉUSSI À ARRIVER JUSQU'ICI, MAIS VOUS, OÙ ÉTIEZ-VOUS ?

APRÈS LE SÉISME, LE LYCÉE A ÉTÉ ATTAQUÉ PAR DES MONSTRES...
LE LYCÉE ?
IL N'Y A PAS QUE LES ABORDS DE LA GARE QUI ONT ÉTÉ ATTAQUÉS ?!
OUAAH
CE QUI VEUT DIRE QU'ILS SONT PLUSIEURS... CETTE VILLE EST FOUTUE !
IL S'EST PASSÉ DE NOMBREUSES CHOSES
ET NOUS AVONS RÉUSSI À FUIR...

EN CHEMIN, NOUS SOMMES TOMBÉS SUR UN TROU IMMENSE !
DE PLUS D'UNE CENTAINE DE MÈTRES !
SÛREMENT UNE MÉTÉORITE D'OÙ SONT SORTIS CES SALETÉS DE MONSTRES !
UN TROU ?!
VOUS ÉTIEZ DEHORS PENDANT QUE NOUS RESTIONS CACHÉS, VOUS AVEZ VU DES CHOSES TERRIFIANTES
VOUS VOUS ÊTES SORTIS D'UNE SITUATION BIEN DIFFICILE !
ET SI VOUS VOUS REPOSIEZ ET ATTENDIEZ DE L'AIDE AVEC NOUS ?

AH, BONNE NOUVELLE
ON N'A PLUS BESOIN DE FUIR
MERCI DE NOUS ACCEPTER. ON NE VA PAS REFUSER
MOI, JE NE RESTE PAS ICI
AH ?!
QUOI ?!

JE DOIS RETROUVER QUELQU'UN
IL Y A SÛREMENT D'AUTRES ENDROITS OÙ DES GENS SE CACHENT. IL EST POSSIBLE QUE...
ELLE EST SÛREMENT QUELQUE PART, LÀ-BAS
JE DOIS VITE LA TROUVER
QUOI ? TU PARLES DE TON AMIE D'ENFANCE, C'EST ÇA ?
CRÉTIN ! SI ELLE EST EN SÉCURITÉ, IL TE SUFFIT D'ATTENDRE QU'ELLE SOIT SAUVÉE ET LA REJOINDRE ENSUITE !
POUR-QUOI ALLER DEHORS AVEC TOUT CE BORDEL ?!

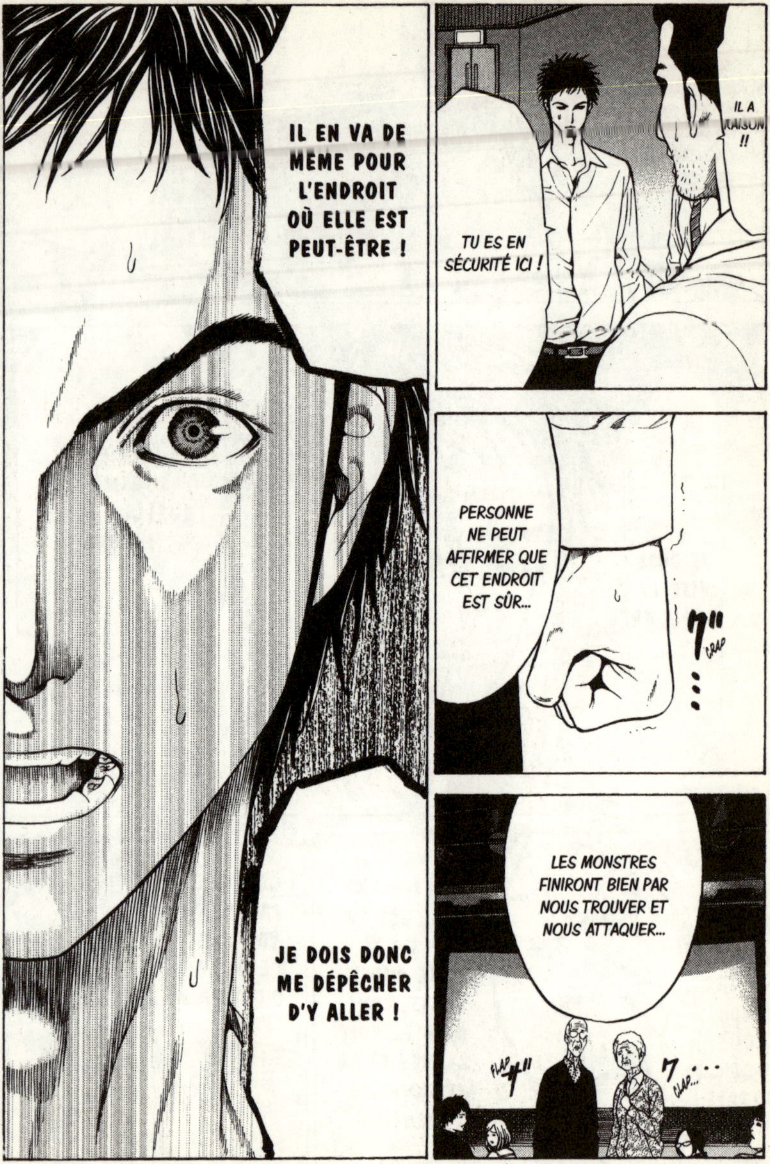
IL A RAISON !!
TU ES EN SÉCURITÉ ICI !
PERSONNE NE PEUT AFFIRMER QUE CET ENDROIT EST SÛR...
CRAP
LES MONSTRES FINIRONT BIEN PAR NOUS TROUVER ET NOUS ATTAQUER...
CLAP...
FLAP
IL EN VA DE MEME POUR L'ENDROIT OÙ ELLE EST PEUT-ÊTRE !
JE DOIS DONC ME DÉPÊCHER D'Y ALLER !

QUEL CRÉTIN...
JE VEUX PAS RESTER AVEC LUI
PAS DE PROBLÈME
CETTE FOIS, J'Y VAIS SEUL
BIEN
PRENDS SOIN DE TOI SHIRASAKI...
TAKA-SHIRO
AT-TENDS
PASSE-MOI TON PORTABLE

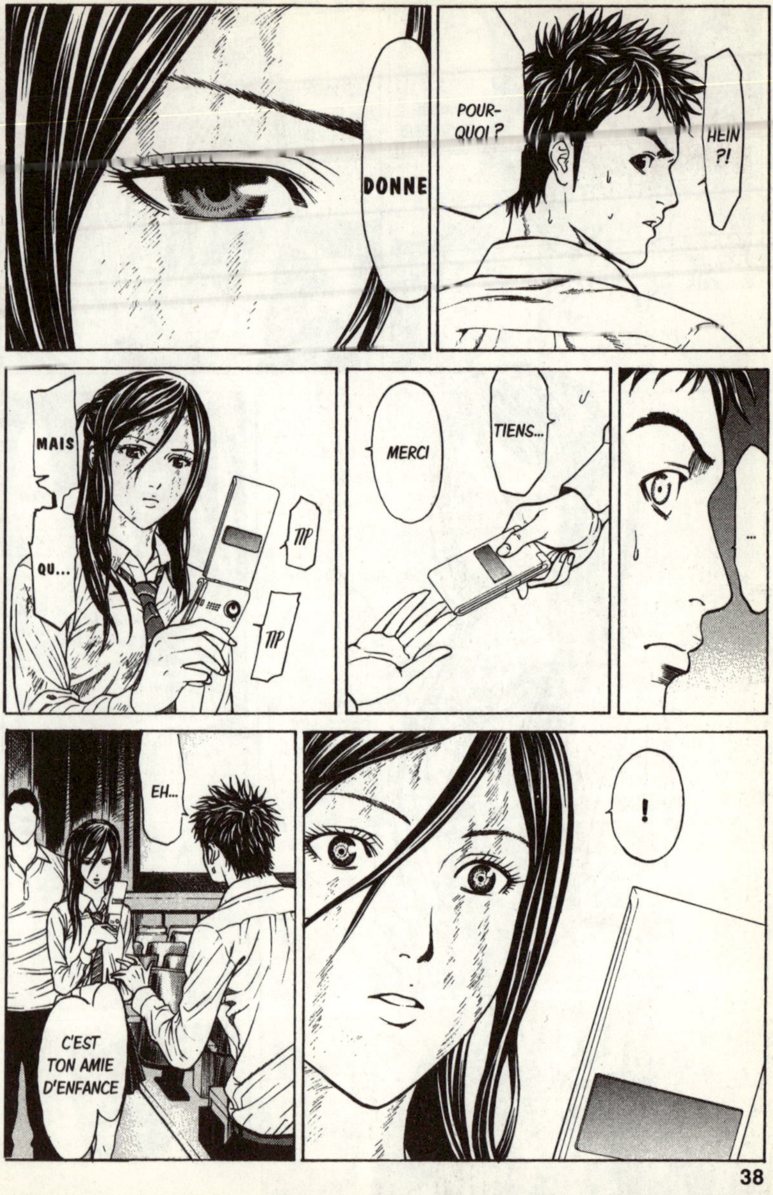
HEIN ?!
POUR-QUOI ?
DONNE
...
TIENS...
MERCI
TIP
TIP
MAIS
QU...
!
EH...
C'EST TON AMIE D'ENFANCE

?!
C'EST ÇA ?
ELLE EST PLUTÔT MIGNONNE...

CLAP
NON, CE N'EST PAS MA COPINE... POURQUOI REGARDES-TU MES MAILS ?
BIEN, ALLONS-Y
SSS...
HEIN ?!
J'AI VU SON VISAGE
IL SERA PLUS RAPIDE DE LA TROUVER À DEUX

QUOI ? MAIS QU'EST-CE QUE TU RACONTES SHIRASAKI ?!
JE NE PEUX PAS TE LAISSER CÉDER À MES CAPRICES !
TAKA-SHIRO
JE DEVRAIS ÊTRE MORTE...
AAAAH
SI TU N'AVAIS PAS ÉTÉ LÀ...
CETTE VIE N'EXISTERAIT PLUS
AAAH !!
BONG
C'EST POURQUOI JE...

MA VIE
T'APPAR-TIENT
HEIN ?!
EUH...
QU'EST-CE QUE VOUS RACONTEZ COMME BÉTISES TOUS LES DEUX ?!
JE VOUS L'AI DÉJÀ DIT ! EN TANT QUE PROFESSEUR, JE NE PEUX PAS VOUS ABANDONNER !!

VOUS DEVEZ RESTER ICI !!
JE NE PEUX PAS LES LAISSER PARTIR À LA MORT !
FOUTAISE, MAJIMA !
AU CONTRAIRE, QUE CEUX QUI VEULENT PARTIR LE FASSENT
S'IL Y A TROP DE GENS, ÇA VA ÊTRE RASANT
NE VIENNENT-ILS PAS DE DIRE QU'IL N'Y AVAIT PAS DE MONSTRES DEHORS ?

PENDANT QUE CES MONSTRES FONT LA GRASSE MATINÉE...
C'EST PEUT-ÊTRE LE MOMENT POUR NOUS DE BOUGER
ALORS POURQUOI NE PAS ALLER FAIRE DES RECHERCHES DEHORS ?
OU ALORS L'ARMÉE D'AUTODÉFENSE STATIONNÉE SUR LA BASE MILITAIRE DE CHÛTON A PEUT ÊTRE COMMENCER À AGIR
EX-CUSEZ-MOI...
MAIS QUI VA...

JE VAIS ALLER VOIR CE QUI SE PASSE DEHORS
JE M'OCCUPE ÉGALEMENT D'ACCOMPAGNER CES PERSONNES...
BRR
BRR
QUOI ?!
CHÉRI !!
NE T'IN-QUIÈTE PAS
SI NÉCESSAIRE, CE VIEUX CORPS SERVIRA POUR SAUVER DES JEUNES
...
...
...
JE N'AI PAS LE CHOIX...
PFF

JE N'AI PAS D'AUTRE CHOIX QUE D'Y ALLER
VOUS DEUX
NE ME LÂCHEZ PAS D'UNE SEMELLE !

CHAPITRE 5 : LE GOUFFRE

Welcome to the Hopeless world...
MIKU
SURPRISE
TU ME CROYAIS À LA TOUR DE TOKYO ?
HI HI HI...
EN FAIT, JE SUIS À LA GARE DE TACHIKAWA (^o^)v
AUJOURD'HUI, C'EST QUARTIER LIBRE. J'AI DONC LAISSÉ MES AMIES POUR VENIR SEULE
HAKAIJU

EST-CE QUE TOUT SE PASSERA BIEN POUR TAKASHIGE ET LES AUTRES ?
DEHORS, DES MONSTRES PEUVENT ENCORE SURGIR...
ON N'Y PEUT RIEN
IL FAUT QUE QUELQU'UN SORTE POUR ALLER CHERCHER DE L'AIDE
CE SONT VRAIMENT DES CONS
DE GROS CONS

RIEN...
LES MONSTRES SEMBLENT FAIRE UNE PAUSE
ON VA COMMENCER PAR VÉRIFIER DANS LA GARE, COMME PRÉVU

TON AMIE S'EST PEUT-ÊTRE RÉFUGIÉE QUELQUE PART
OUI
AUCUNE ÉQUIPE DE SECOURS NE SEMBLE ÊTRE LÀ...
LA BASE DE CHÛTON EST POURTANT JUSTE À CÔTÉ
ALLONS VOIR VERS LA SORTIE SUD, TAKESHIGE
IL Y A PEUT-ÊTRE DE L'ACTIVITÉ LÀ-BAS
JE PRÉFÉRERAIS QUE TU ÉVITES DE ME TUTOYER
ÇA ME MET MAL À L'AISE QUE DES ÉLÈVES LE FASSENT
MAIS VOUS POUVEZ M'APPELER PROFESSEUR
B... BIEN

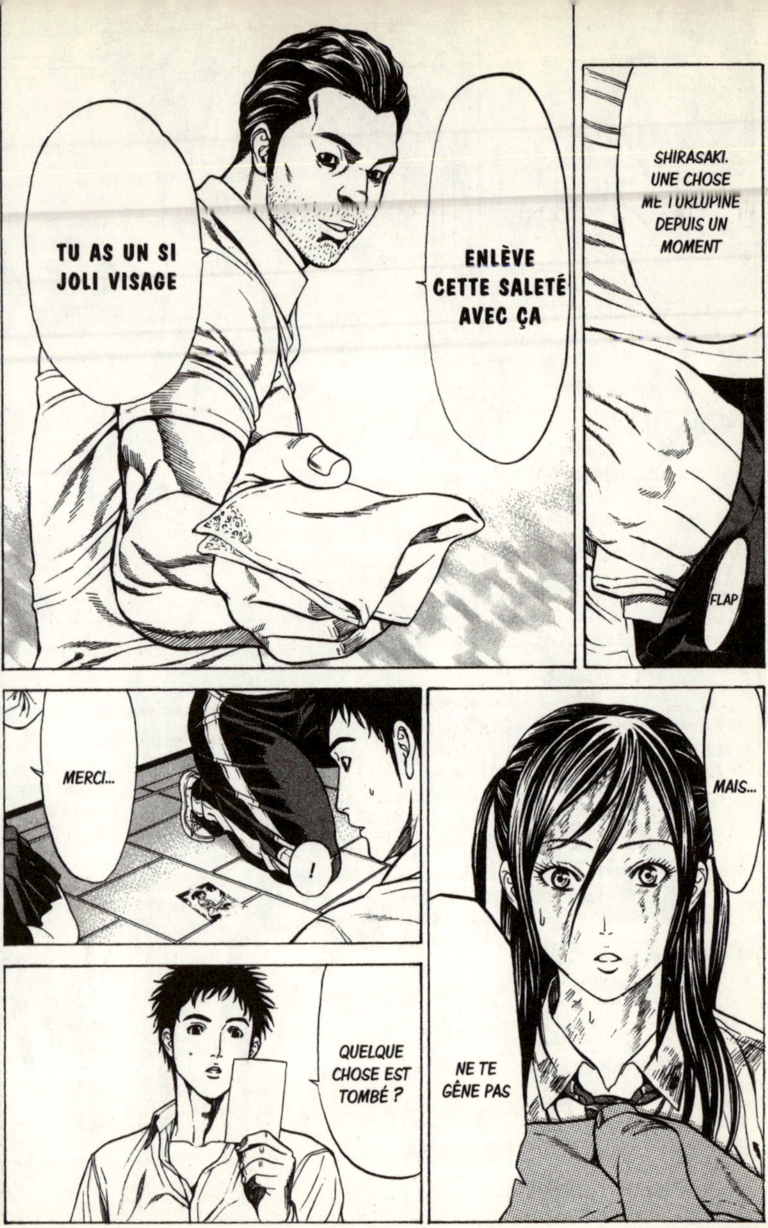
SHIRASAKI. UNE CHOSE ME TURLUPINE DEPUIS UN MOMENT
FLAP
ENLÈVE CETTE SALETÉ AVEC ÇA
TU AS UN SI JOLI VISAGE
MAIS...
NE TE GÊNE PAS
MERCI...
!
QUELQUE CHOSE EST TOMBÉ ?

AAH... DÉSOLÉ
EST-CE VOTRE FILLE ?!
OUI...
EN EFFET
NOUS VIVONS POUR CERTAINES RAISONS LOIN L'UN DE L'AUTRE, MAIS JE COMPTE BIENTÔT LA REJOINDRE
ALORS...

JE SORTIRAI VIVANT DE TACHIKAWA !
TAP
JE NE PEUX PAS MOURIR NON PLUS AVANT D'AVOIR REVU MIKU !

RESTE EN VIE, MIKU !
!!
QUELLE HORREUR !!
C'EST À CAUSE DU GÉANT, ÇA ?!
北口

立川駅
Tachikawa Station
!!
L'ENTRÉE EST...
ON NE POURRA PAS Y ENTRER...
ALLONS VOIR S'IL EN EST DE MÊME POUR L'ENTRÉE SUIVANTE
IL EST POSSIBLE QUE CE SOIT OUVERT...
?!

South Exit
FLAP
TAKA-SHIRO ?
LA SORTIE SUD...
QU'EST-CE QU'ELLE A ?
JE N'Y CROIS PAS !!
TAP
TAP
C'EST PAS VRAI !!
Tachika
CLAP
?!

TOUT CE QUI EST APRÈS LA SORTIE SUD...

A DIS-PARU

achi AH awa Stat
C'EST QUOI CE BORDEL ?!
ENCORE UN TROU
C'EST QUOI CE TRUC ?!
IL Y EN AURAIT D'AUTRES...

NON...
CE SERAIT...
TAP
TAP
?!
TAKA-SHIRO !!
OÙ VAS-TU ?
GRANGRA
GRANGRA

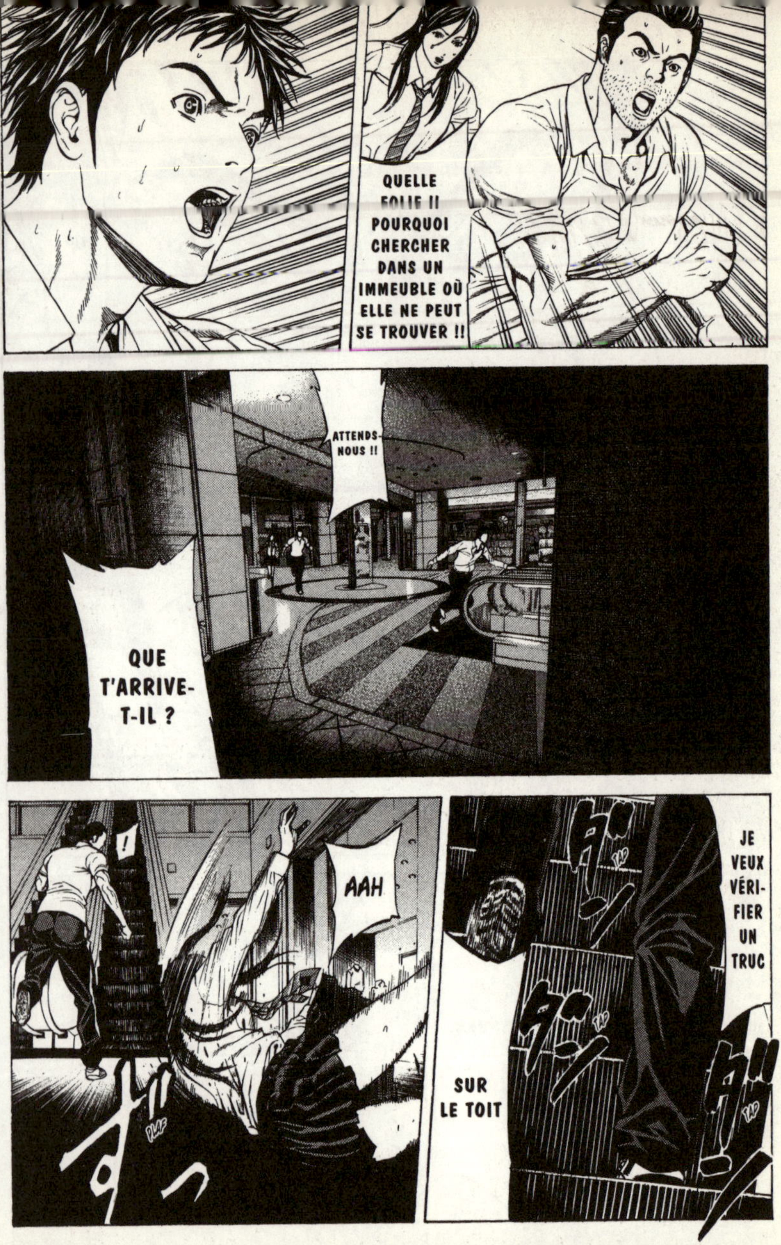
QUELLE FOLIE !! POURQUOI CHERCHER DANS UN IMMEUBLE OÙ ELLE NE PEUT SE TROUVER !!
ATTENDS-NOUS !!
QUE T'ARRIVE-T-IL ?
JE VEUX VÉRIFIER UN TRUC
SUR LE TOIT
TAP
TAP
TAP
!
AAH
PLAF

SHIRA-SAKI !!
ÇA VA
SPLASH
?!
AH
AH ?!
CE BÂTI-MENT AUSSI SERAIT...

TAP
TAP
TAP
ZUT
QUEL CRÉTIN !!
SHIRA-SAKI, SURTOUT SUIS-MOI !!
CLAC

CLANG
MINCE
LÀ AUSSI
NE FILE PAS COMME ÇA SANS PRÉVENIR...
HEIN ?!
LES RAILS VERS LA CAPITALE ONT DISPARU...
LE TROU DE TOUT À L'HEURE EST AUSSI À L'EST !
!
RE-GARDEZ !!

LE GÉANT EST ENCORE ICI !!
C'EST CELUI DONT VOUS AVIEZ PARLÉ. IL EST ÉNORME...
IL COMPTE REVENIR PAR ICI...
NON, IL EST SUR LUI-MÊME. IL NE BOUGE PAS
IL DORT PEUT-ÊTRE
VÉRIFIONS DE L'AUTRE CÔTÉ
ET À L'OUEST !!

!!
LES VOIES ICI AUSSI !
QU...
C'EST PAS VRAI
LA BASE DE CHÛTON DE L'ARMÉE D'AUTO-DÉFENSE
A DISPARU
J'EN ÉTAIS SÛR...
CE N'EST PAS UN SIMPLE TROU...

CETTE VILLE EST COMME ENCERCLÉE

PAR UN
PRÉCIPICE
GÉANT !!

MAIS...
C'EST...
TOUTES LES VOIES, TOUT LE RÉSEAU EST DIVISÉ PAR CE PRÉCIPICE
GARE ENDROIT ACTUEL
TACHIKAWA
PRÉCIPICE
PRÉCIPICE
BASE DE CHÛTON DE L'ARMÉE D'AUTODÉFENSE
PRÉCIPICE
TACHIKAWA SUD
NOUS SERIONS PRISONNIERS DANS CETTE VILLE ?
PFIOU

MERDE
NOUS SOMMES DEVENUS UN VRAI GARDE-MANGER POUR LES MONSTRES
MIKU, MAIS POURQUOI DONC...
POURQUOI ES-TU VENUE MAINTENANT À TACHIKAWA ?
SSH
C'EST POUR ÇA QUE LES SECOURS N'ARRIVENT PAS
MAIS AVEC UN HÉLICOPTÈRE IL EST POSSIBLE DE SURVOLER LA VILLE
!!

COMMENT AVEZ-VOUS FAIT POUR VENIR ICI ?
ET VOUS ÊTES ?!
COM-MENT ?!
CE MAGASIN A ÉTÉ ATTAQUÉ PAR LES MONSTRES ?!

LE SANG DE TOUT À L'HEURE...
NOUS SOMMES DANS UN ENDROIT QUI CRAINT VRAIMENT...
MIKU...
QUELQU'UN A-T-IL VU MIKU AIZAWA ?
?!
REGARDEZ, C'EST CETTE FILLE SUR LA PHOTO
C'EST UNE FILLE BRUNE EN CLASSE DE PREMIÈRE
ELLE FAIT SON VOYAGE SCOLAIRE À TACHIKAWA, JE DOIS LA SAUVER...
VOUS NE CONNAÎTRIEZ PAS MIKU ?
QUOI ? J'EN SAIS RIEN MOI !!
JE VOUS EN PRIE, MIKU...
...
JE COMPRENDS CE QUE TU RESSENS, MAIS CALME-TOI !

CE N'EST PEUT-ÊTRE QU'UNE HYPOTHÈSE
MAIS IL EST POSSIBLE QU'À L'AUBE LES MONSTRES SOIENT AFFAIBLIS !!
JE VOUS DEMANDE DE M'ÉCOUTER !!
LA PREUVE EST QUE NOUS AVONS PU VENIR JUSQU'ICI !!
BLA
BLA
SI VOUS VOULEZ FUIR, C'EST LE MOMENT !!
OUI MAIS POUR ALLER OÙ ?
JE PEUX VOUS GUIDER VERS UN ENDROIT BIEN PLUS SÛR !

VRAI-
MENT
?!
JE
VIENS !
IL N'Y A
PAS DE
MONSTRES
EN BAS ?
DÉSOLÉ, MAIS
MOI VOUS NE
ME FEREZ PAS
DESCENDRE !
EN ATTENDANT
ICI, LES
HÉLICOPTÈRES
DE SECOURS
ARRIVERONT
FORCÉMENT !
JE NE VOUS
FORCE PAS. VOUS
ÊTES LIBRES
DE RESTER
MAIS IL NE RESTE
QU'UN CHOIX
POSSIBLE...

SURVIVRE
NE ME DITES PAS QUE VOUS VOULEZ RETOURNER AU CINÉMA...
NOUS SERONS PLUS EN SÉCURITÉ LÀ-BAS
ON Y RETOURNE ET ON RASSEMBLE NOS INFORMATIONS
MAIS ET MIKU
TAKASHIRO ?!

HEIN ?
C'EST BIEN TOI, TAKA-SHIRO ?!
JE VIENS AUSSI DE SANCHÛ...
HEIN... SAKURA ? MAKO SAKURA !!
OUI, ÇA FAIT LONG-TEMPS
TU AS DIS QUE MIKU ÉTAIT À TACHIKAWA...
TU SAIS QUELQUE CHOSE ?!
QUI EST-CE ?
ELLE ÉTAIT AVEC MOI AU COLLÈGE, ELLE CONNAÎT MIKU
C'ÉTAIT DONC BIEN ELLE...
TU L'AS VUE ?!
?!

QU'Y A-T-IL ?
パキッ CLAC
OUAH
C'EST QUOI ÇA ?

SCHLAC
チッ
SSS
ズゥ...
VRR..

ドッ
BOOM
COUREZ !!
COU...
ああああっ
AAAAH

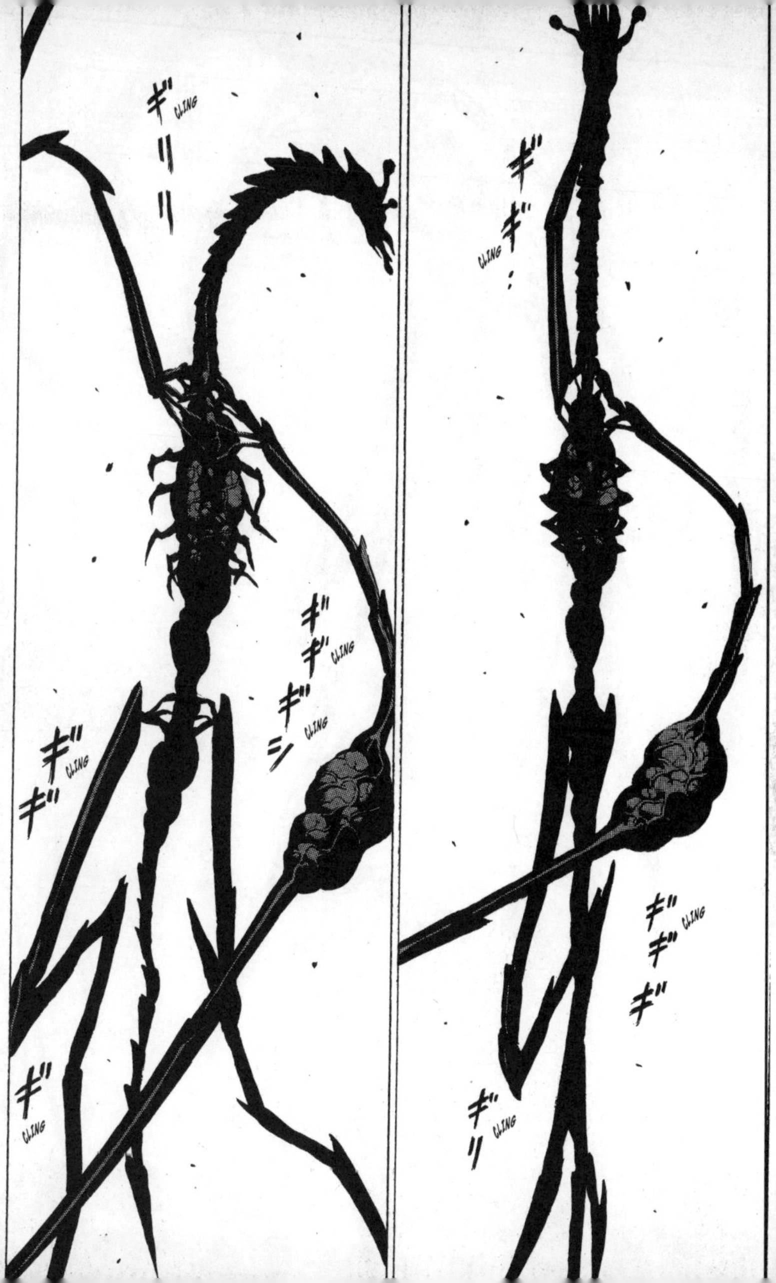
ギギ…
CLING
ギギギ
CLING
ギリ
CLING
ギリリ
CLING
ギギギシ
CLING
CLING
ギギ
CLING
ギ
CLING

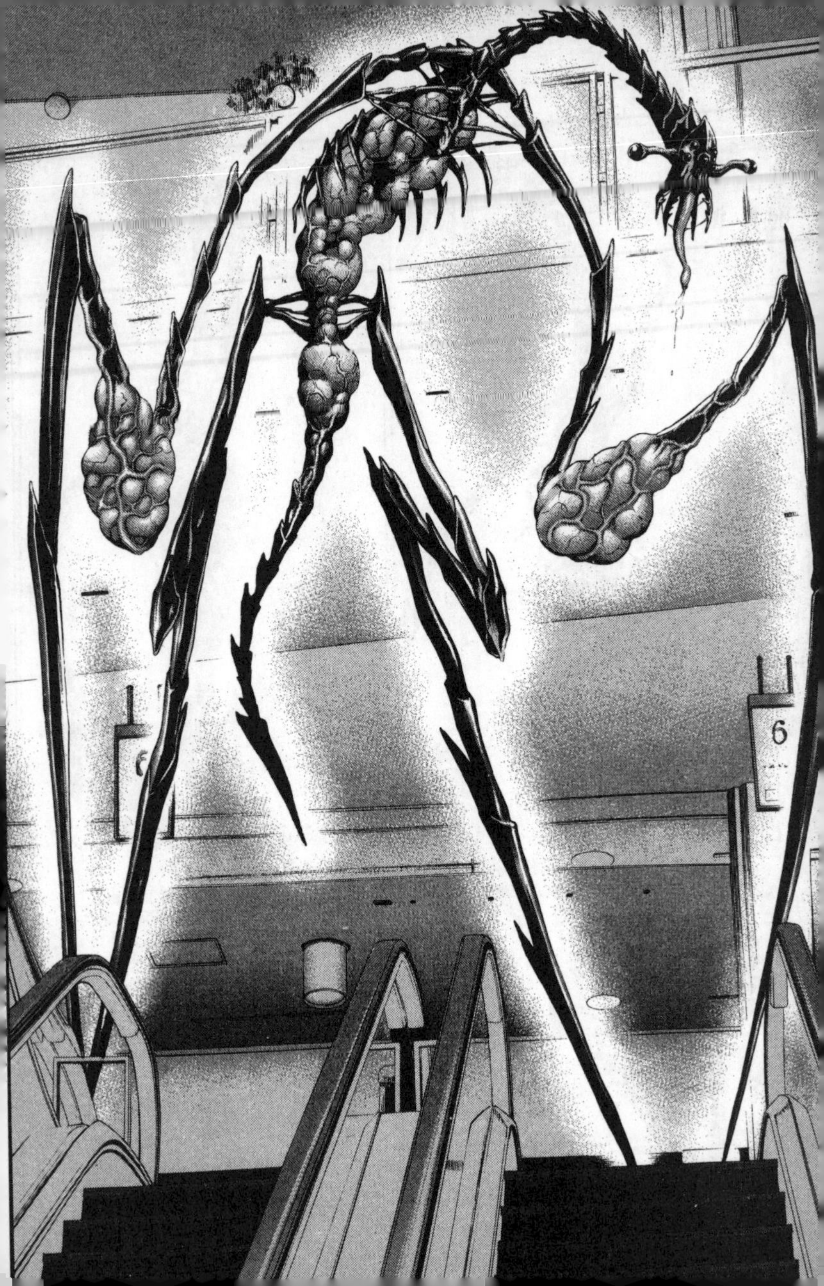
6

C'EST QUOI ÇA ? ILS DEVAIENT ÊTRE ENDORMIS !!
VOUS VOUS ÊTES FOUTUS DE NOUS !!
C'EST CEUX QUI SONT EN HAUT QUI VONT Y PASSER...
TAP
TAP
TAP
TAP
TAP
CLANG
CLANG
CLANG
CLANG
OUAAAAAH

TAC
TAC
TAC
TAC
TAC
TAC
あああああああ

SHIRASAKI, SAKURA, PAR ICI !!
VOUS, LÀ !
NE VOUS SÉPAREZ PAS DE MOI !!

SPOF
ギギギ
CRR
BLU
ビクン
BLU
ビクン

SCHLAC
ギギギ…
BLUBLUBLU...
ギギ…
BLUBLUBLU...

HAA
HAA
HAA
HAA
SNIF
ÉMILIE ! TIENS BON !! ACCROCHE-TOI !!
DOM
LA SORTIE DE SE-COURS !!
ON EST SAUVÉS !!

HEIN ?!
HEIN ?!
ボ BLOB ゴ BLOB ゴ BLOB ッ BLOB
ARGH...
AAH...
ボ BLOB ゴ BLOB ッ BLOB
NON... YUSUKE... YUSUKE...
ボ BLOB ゴ BLOB ゴ BLOB

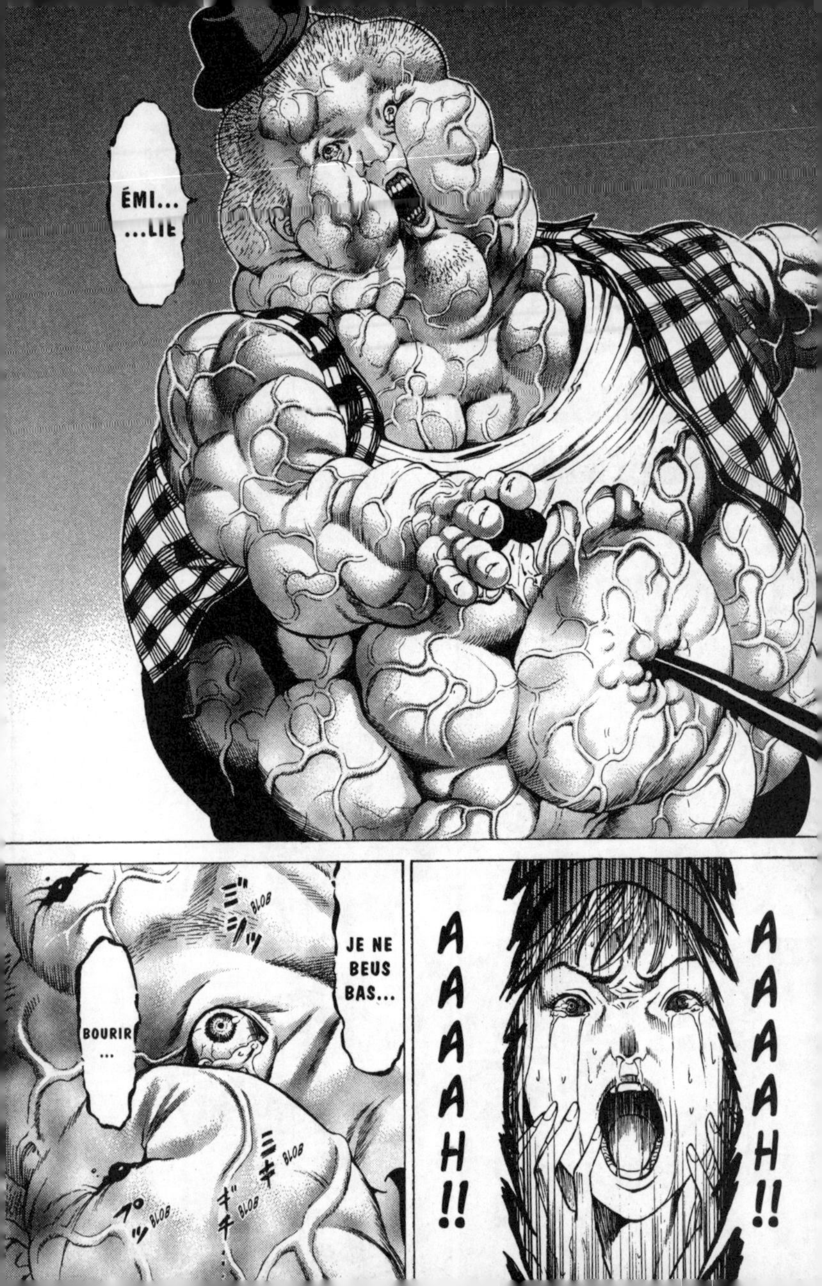
ÉMI...
...LIE
AAAAAAH!!
AAAAAAH!!
JE NE BEUS BAS...
BOURIR ...
BLOB
BLOB
BLOB
BLOB

SPLASH
PLOC
PLOC
TAC
TAC

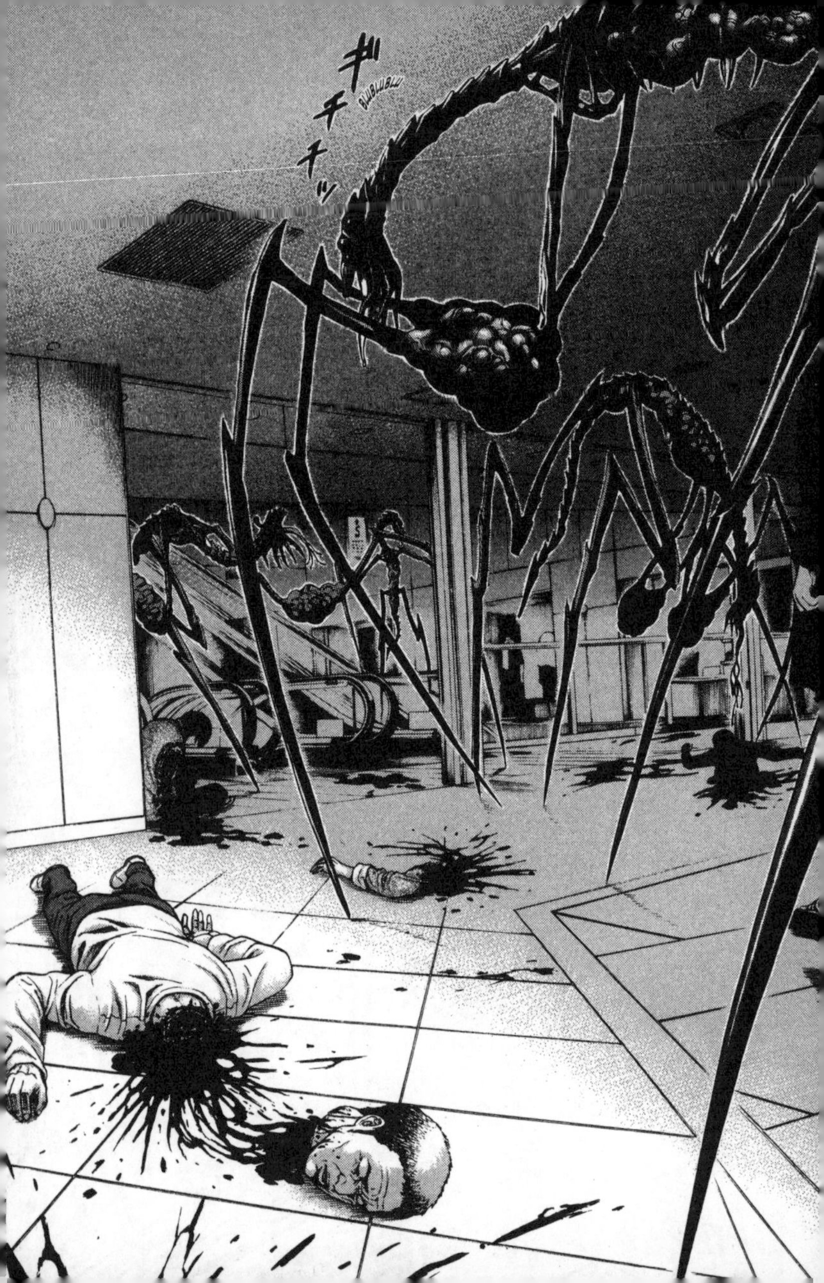
ギチチッ
BLUBLUBLU

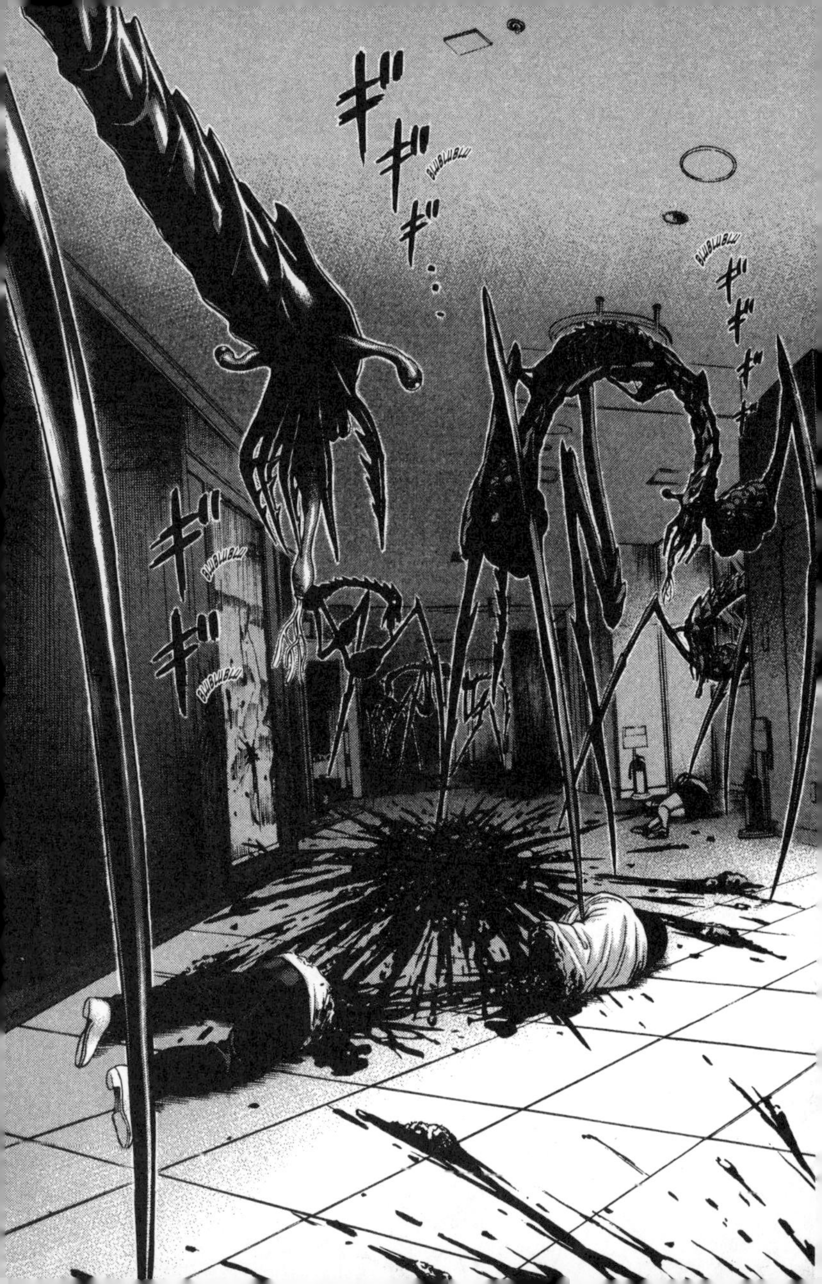
BLUBLUBLU
ギギギ
ギギギ…
BLUBLUBLU
ギ
BLUBLUBLU
ギ
BLUBLUBLU

CLANG
CLANG
CLANG
HAA
HAA
HAA

CHAPITRE 6 : LE SIÈGE

CHAPITRE 6 : LE SIÈGE
ギ ギ ギ
BLUBLUBLU...
...

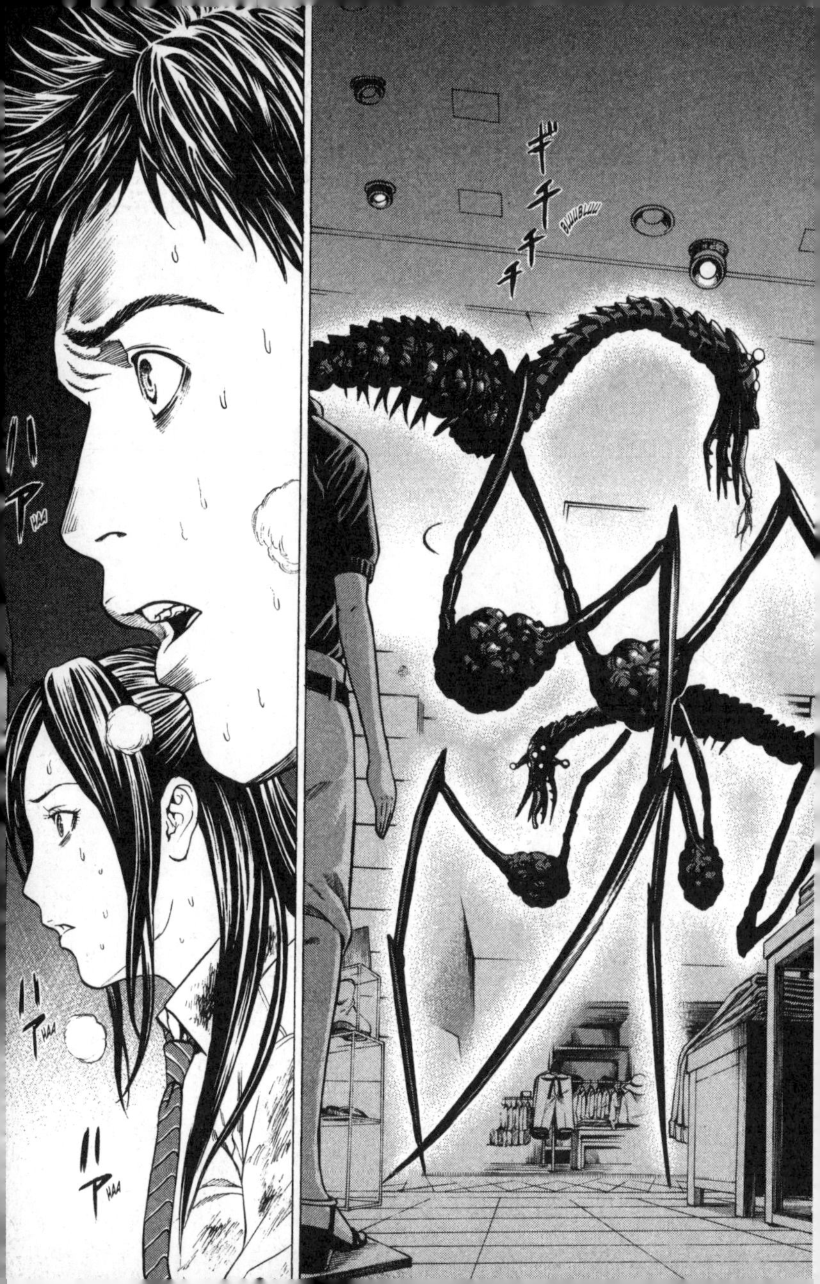
ギチチチ
ハァ HAA
ハァ HAA
ハァ HAA

ILS SONT MAINTENANT SI NOMBREUX...
ドクン
BOBOM
ドクン
BOBOM
SERAIENT-ILS ARRIVÉS D'UN AUTRE ÉTAGE ?
BASARAREPUBLIC
SNIF
!
SNIF
SNIF

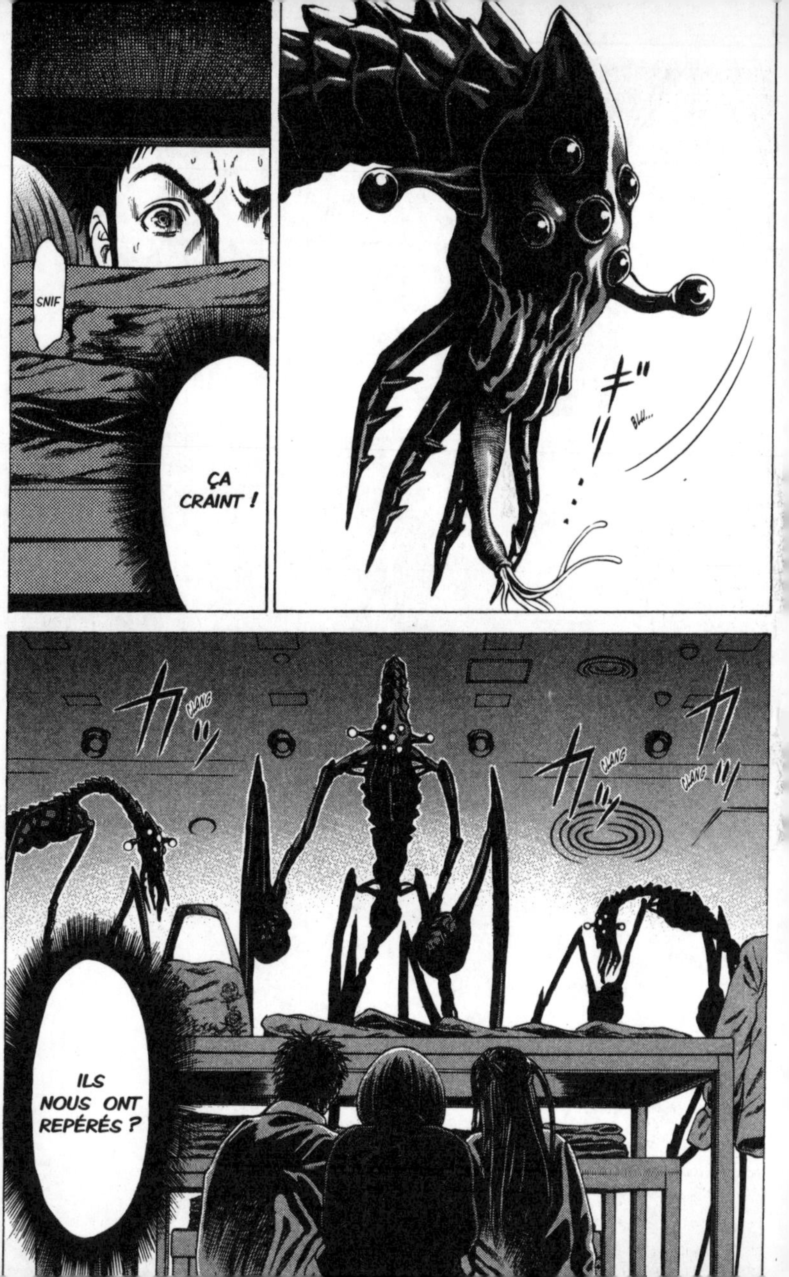
SNIF
ÇA CRAINT !
ギッ
BLU...
カッ
CLANG
カッ
CLANG
カッ
CLANG
ILS NOUS ONT REPÉRÉS ?

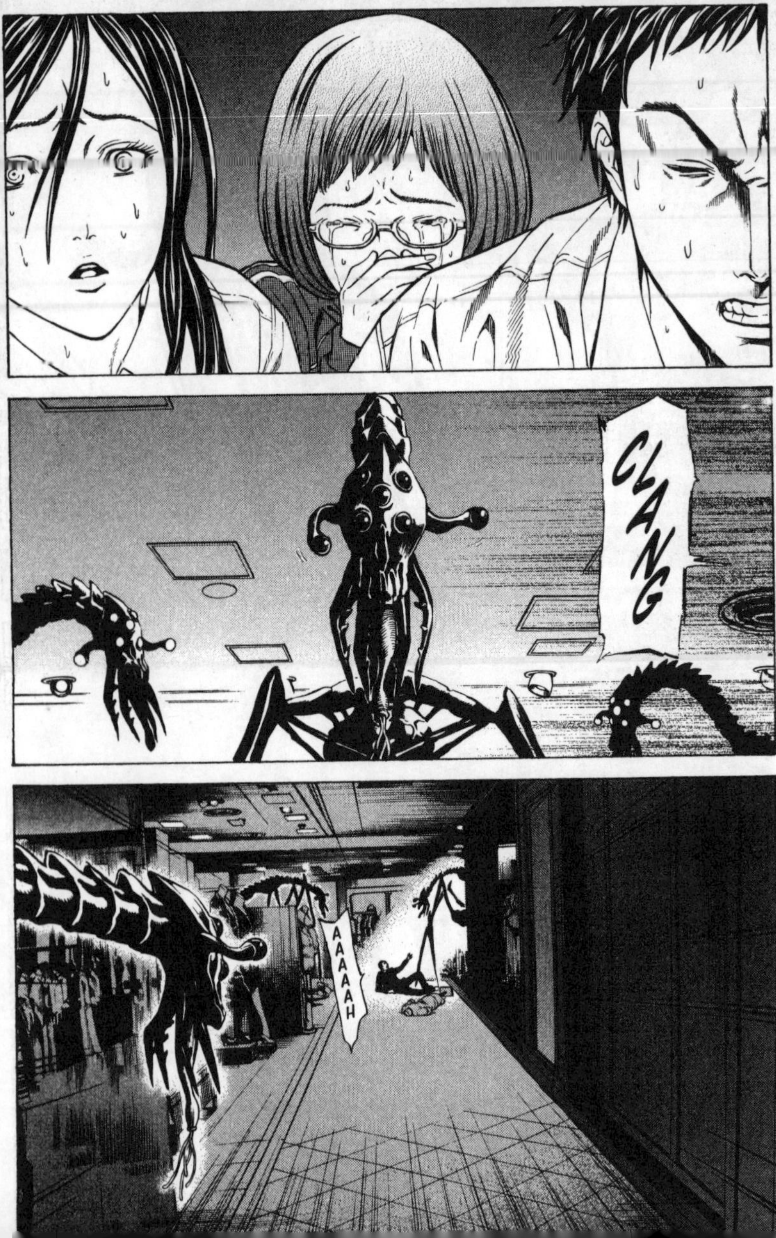
CLANG
AAAAAH

CLANG
CLANG
CLANG
CLANG
CLANG
CLANG
?!
IL EST PARTI
IL FAUT EN PROFI-TER
NON
SI TU SORS MAINTENANT, ILS VONT TE TROUVER...
C'EST TROP TÔT...

MAIS
MERDE... PARDONNE-MOI, SI JE N'ÉTAIS PAS ALLÉ DANS CE BÂTIMENT, NOUS NE SERIONS PAS DANS CETTE SITUATION...
...
CONCENTRONS-NOUS PLUTÔT SUR NOTRE FUITE
SI ON RESTE ICI, ON VA FINIR PAR ÊTRE DÉCOUVERTS
...
LA SALLE D'ES-SAYAGE
fitting room

HUU...
BLU
BLU
BLU
BLU
BLU
BLU
BLU
BLU
SPLASH
TAC
TAC
TAC
TAC
TAC
SPLASH

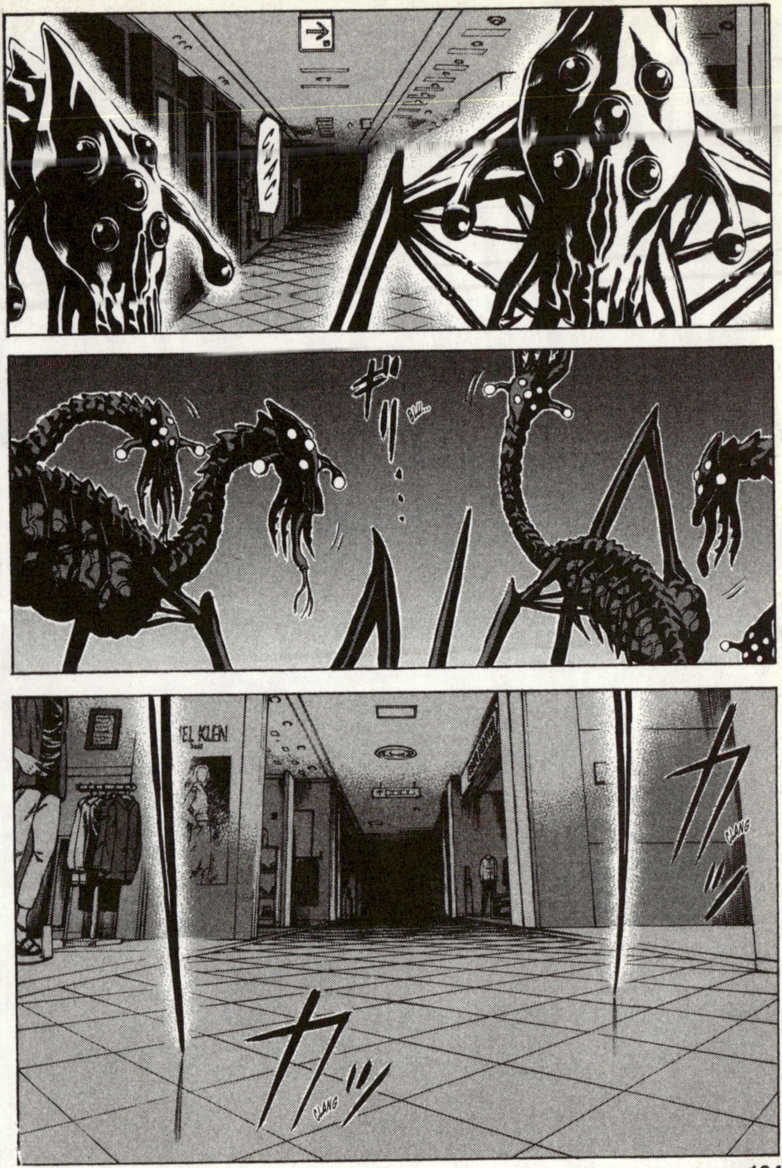
CLAC
ギリ...
BW...
カッ
CLANG
カッ
CLANG

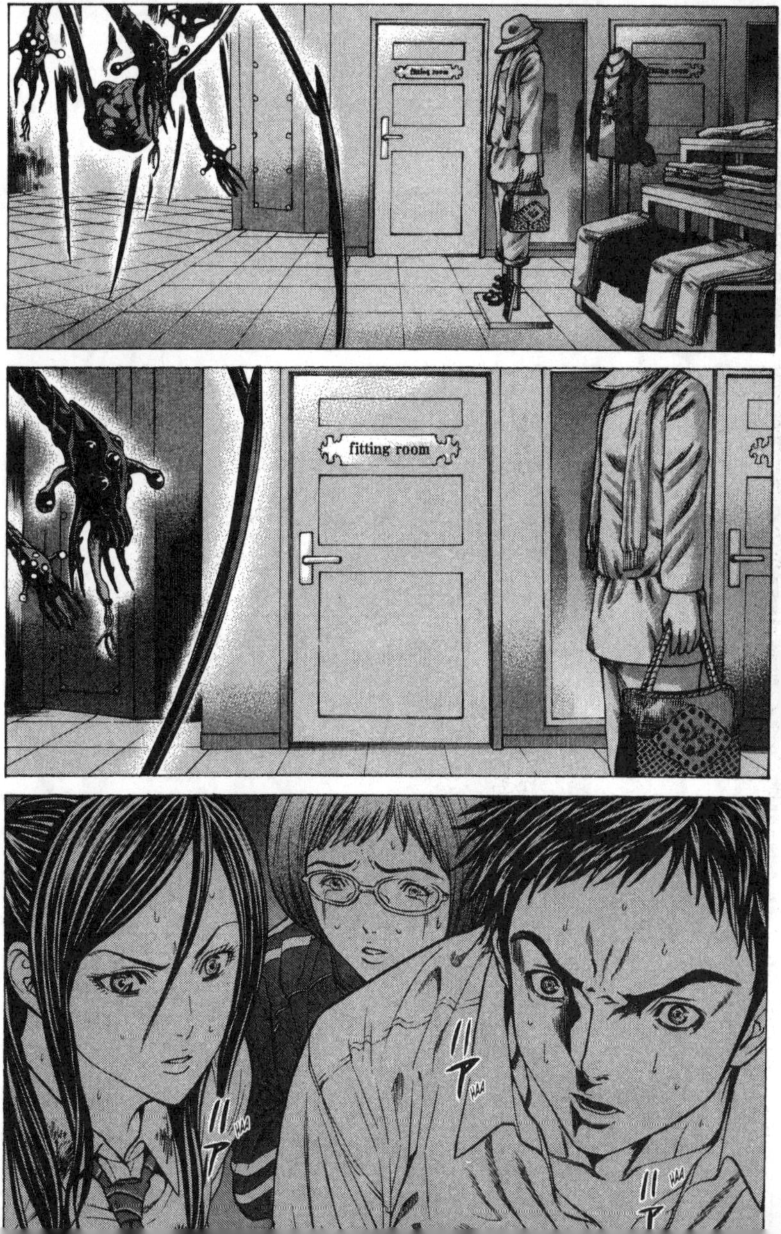
fitting room
fitting room
fitting room
ハア HAA
ハア HAA
ハア HAA

fitting room
CHA LA LA LA LA LA
CHA LA LA LA LA LA
fitting room

TOC
TOC
fittin oom
TOC
TOC
TOC
TOC
TOC

CHA LA LA LA LA
CHA LA LA LA LA
LA
ALARM CLOCK
06:52
アラーム
LA

FLAP
ILS NE NOUS ONT PAS VUS !! ALLONS-Y !!
?!
CLANG
CLANG

ぎちゃあああ
BLLAAARK
BAIS-SEZ-VOUS !!
BOM

AAAH
CRIII
CRIII
III
III
III

バッ
FLAP
ガカカッ
CLANG
CLANG
PRO-
FES-
SEUR
!!

!!
CLANG
CLANG
CLANG
CLANG
CLANG
CLANG
CLANG
CLANG
CLAP
PLIC
CLANG
PSCHIIIII

COU-
REZ
!!
AT-
TEN-
DEZ
!!
NOUS
VENONS
!!

ドグー
PLOP
ドグン
BLOP
フ
PIUU

BLOBLO
?!
HEIN ?!
ボコ…
ボコボコ
BLOBLO

QUOI ? C'EST QUOI ?
BLOBLOBLO
NON...
?!
BLOBLOBLO
AAH
SPLAAASH

NE VOUS ARRÊTEZ PAS !!
HAA
VITE !!
LA SORTIE EST JUSTE LÀ !
CLANG
CLANG

PSCHII
BZZZ
PRO-
FES-
SEUR,
VITE
!!
TAP

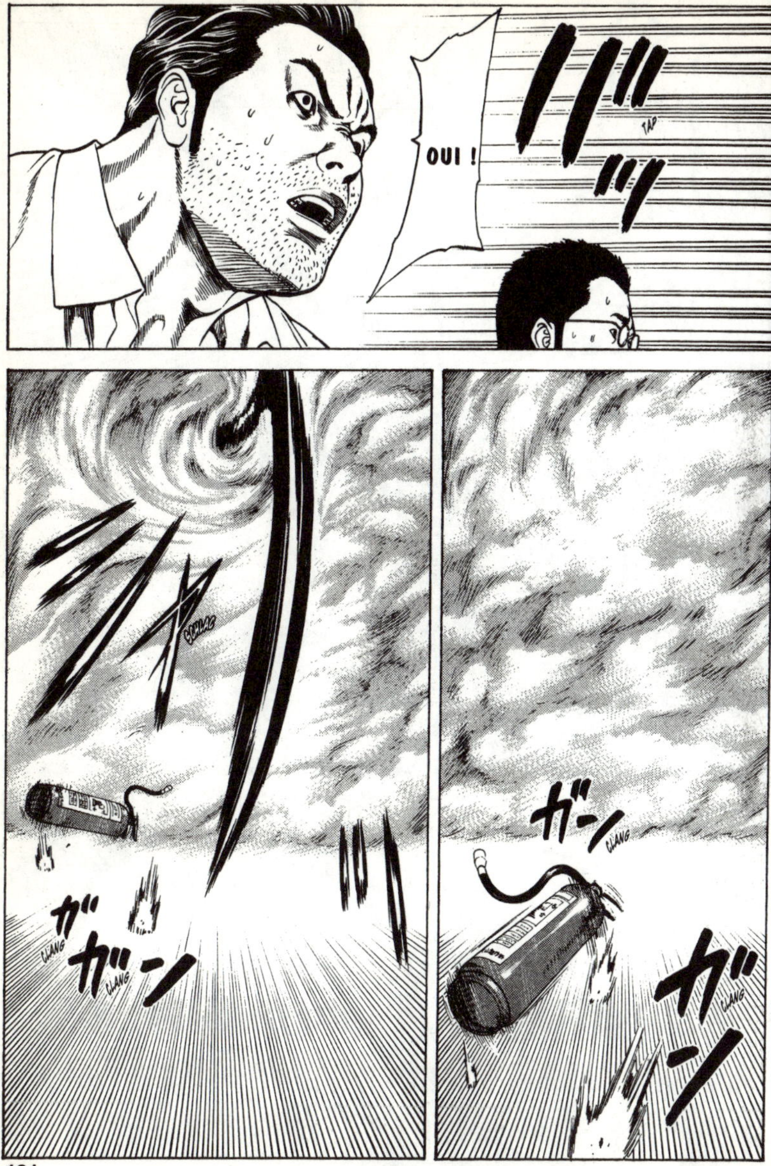
TAP
OUI !
CLANG
CLANG
SCHLAC
CLANG
CLANG

!!
SCHLACK
AAH
PLAF
?!
ARGH

JE SUIS BLESSÉ !!
AIDEZ-MOI !!
GRR
TOUT VA BIEN ?
TAP
CLANG

カッ
CLANG
カッ
CLANG
グッ
GLUPS
!
...

TAP
BRR
?!
HAA...
HAA...

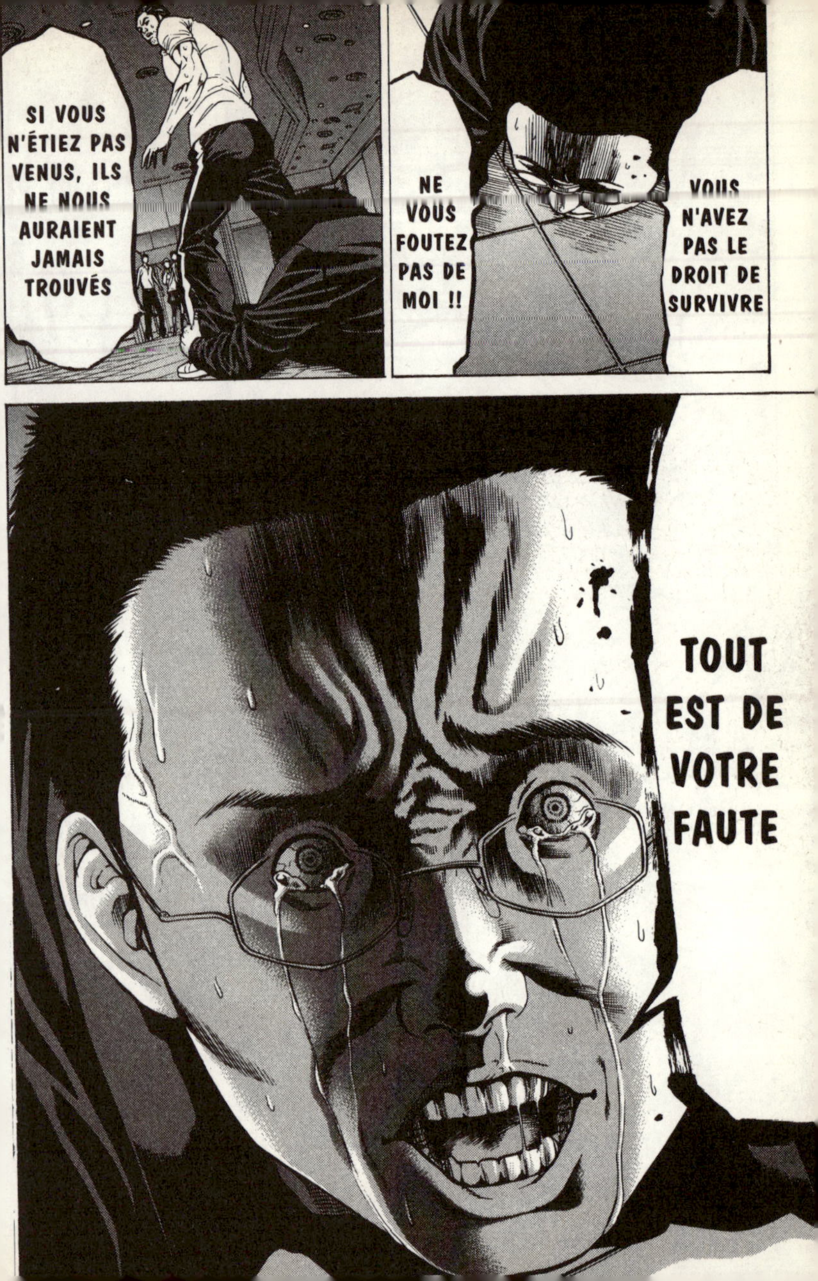
VOUS N'AVEZ PAS LE DROIT DE SURVIVRE
NE VOUS FOUTEZ PAS DE MOI !!
SI VOUS N'ÉTIEZ PAS VENUS, ILS NE NOUS AURAIENT JAMAIS TROUVÉS
TOUT EST DE VOTRE FAUTE

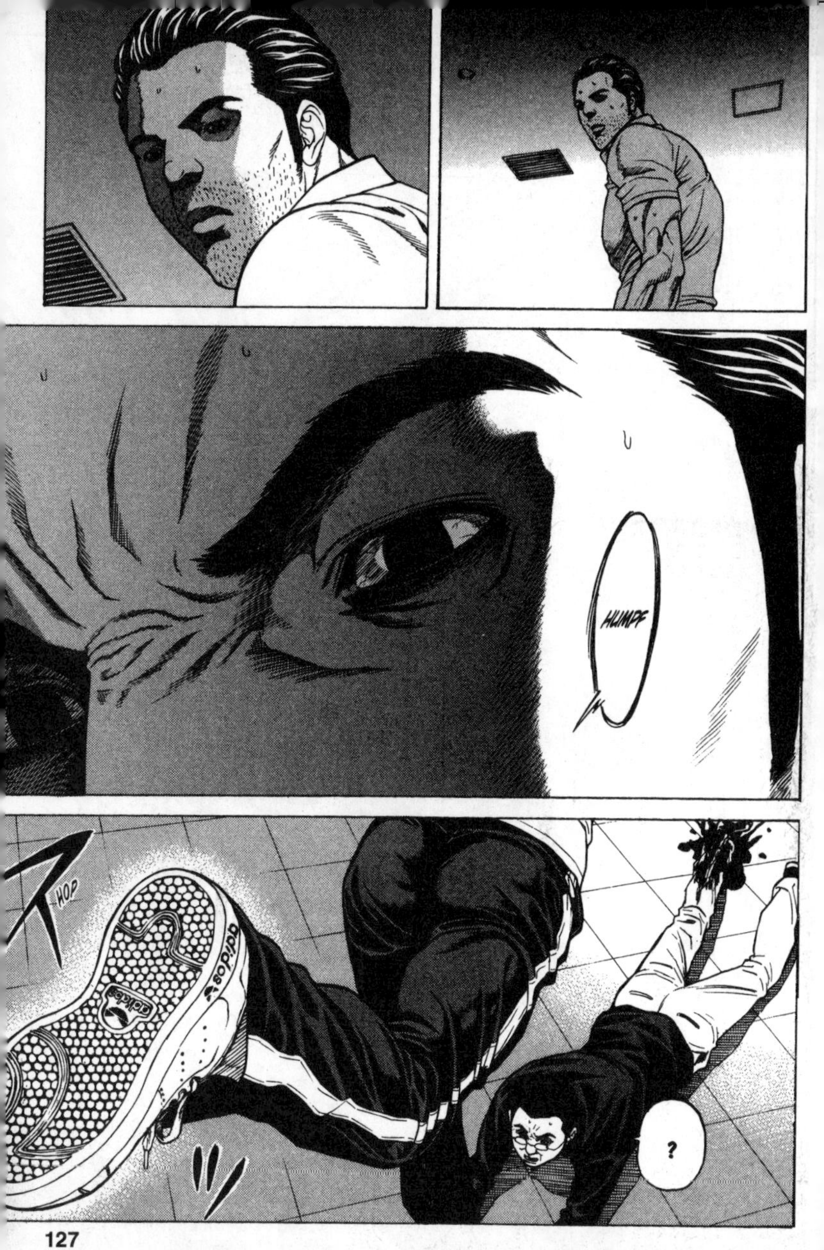
HUMPF
HOP
?

SPAF
ARGH
AAAH

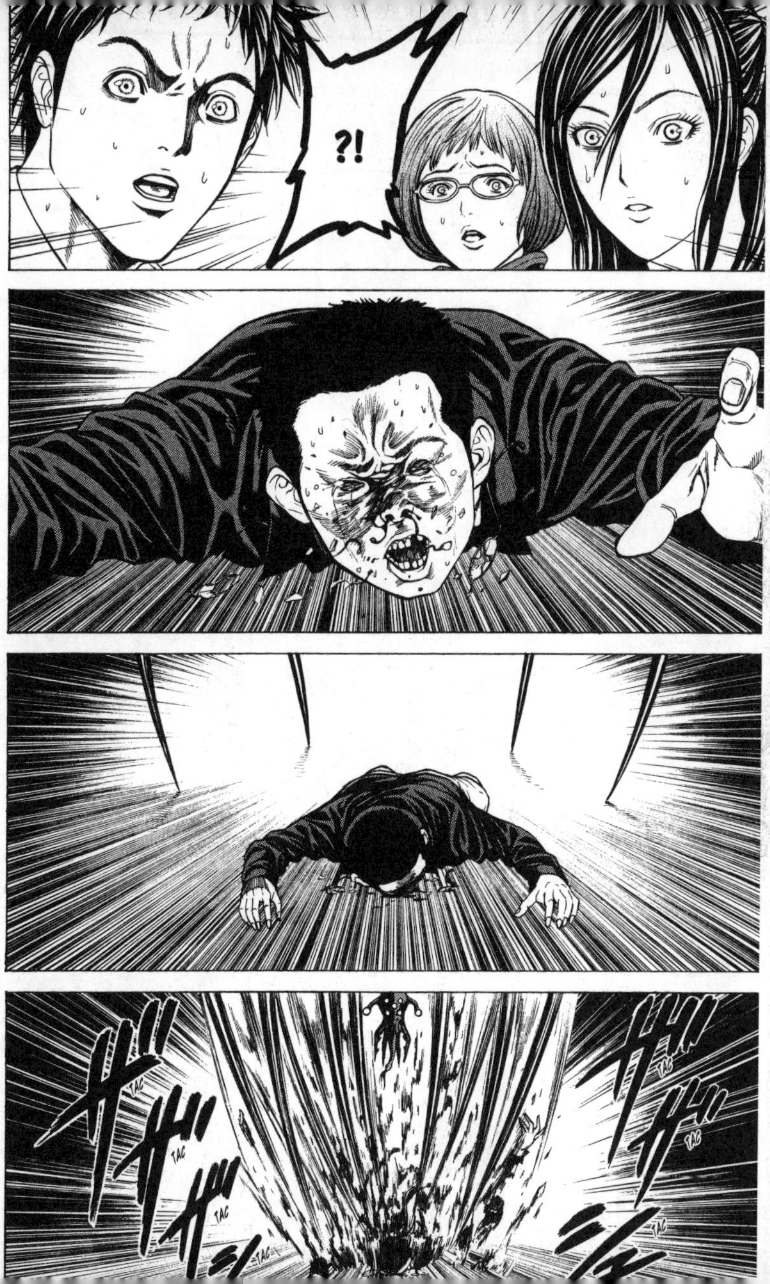
?!
TAC
TAC
TAC
TAC
TAC
TAC
TAC

FERME LA GRILLE !!
QU...
OUI !
GRANGRA
CLAC
GRANGRA
PROFESSEUR... CET HOMME...
...

DÉSOLÉ... ON NE POUVAIT PLUS RIEN POUR LUI...
...
ON N'Y POUVAIT VRAIMENT RIEN ?
C'EST VRAI QUE LE PROFESSEUR AURAIT PU Y PASSER...

OUI... COMME IL L'A DIT, NOUS SOMMES SAUVÉS. LE PROFESSEUR N'A RIEN FAIT DE MAL...
MAIS SI JE N'ÉTAIS PAS ENTRÉ DANS CE BÂTIMENT SANS RÉFLÉCHIR, RIEN DE TOUT ÇA NE SE SERAIT PASSÉ...
ILS SONT MORTS
À CAUSE DE MOI...
TAKA-SHIRO ?
MERCI, SHIRASAKI...
SI TU N'AVAIS PAS MIS CETTE ALARME, NOUS Y SERIONS PASSÉS

ET C'EST TON PORTABLE QUE TU AS UTILISÉ...
DÉ-SOLÉ...
ON NE POUVAIT PAS UTILISER LE TIEN
C'EST LE SEUL LIEN QU'IL NOUS RESTE AVEC MIKU
MERCI

ALLONS AU CINÉMA AVANT QU'ILS NE NOUS POURSUIVENT !!
TAP
SAKURA !!
OÙ AS-TU VU MIKU ?
DIS-M'EN PLUS !

QUE FAIS-TU ?
ON VA TE LAISSER !!
FAITES-LE CETTE FOIS. JE CONTINUE SEUL !
QU...
PLIC
ON VIENT JUSTE D'ÉCHAPPER À LA MORT, ET TU CONTINUES...
J'EN AI ASSEZ
FAIS CE QUE TU VEUX
TU PEUX BIEN MOURIR. JE M'EN FOUS !
HEIN ?!
LES FILLES, VENEZ AVEC MOI...

JE VAIS AVEC LUI... PARTEZ DEVANT

?!
MAIS QUE RA-CONTES-TU, TOI AUSSI...
ATTENDEZ TOUS LES DEUX...
SI VOUS PARTEZ POUR CHERCHER MIKU
ELLE EST DÉJÀ...

HEIN ?
BAM
?!

BOM
HEIN ?!
TAKA-SHI...

BROOM

BROOM

GROOO
あ
あ
GROOO
あ
GROOO
GROOO
GROOO
GROOO
あ

TAKA-
SHIRO !
GROOO
GROOO

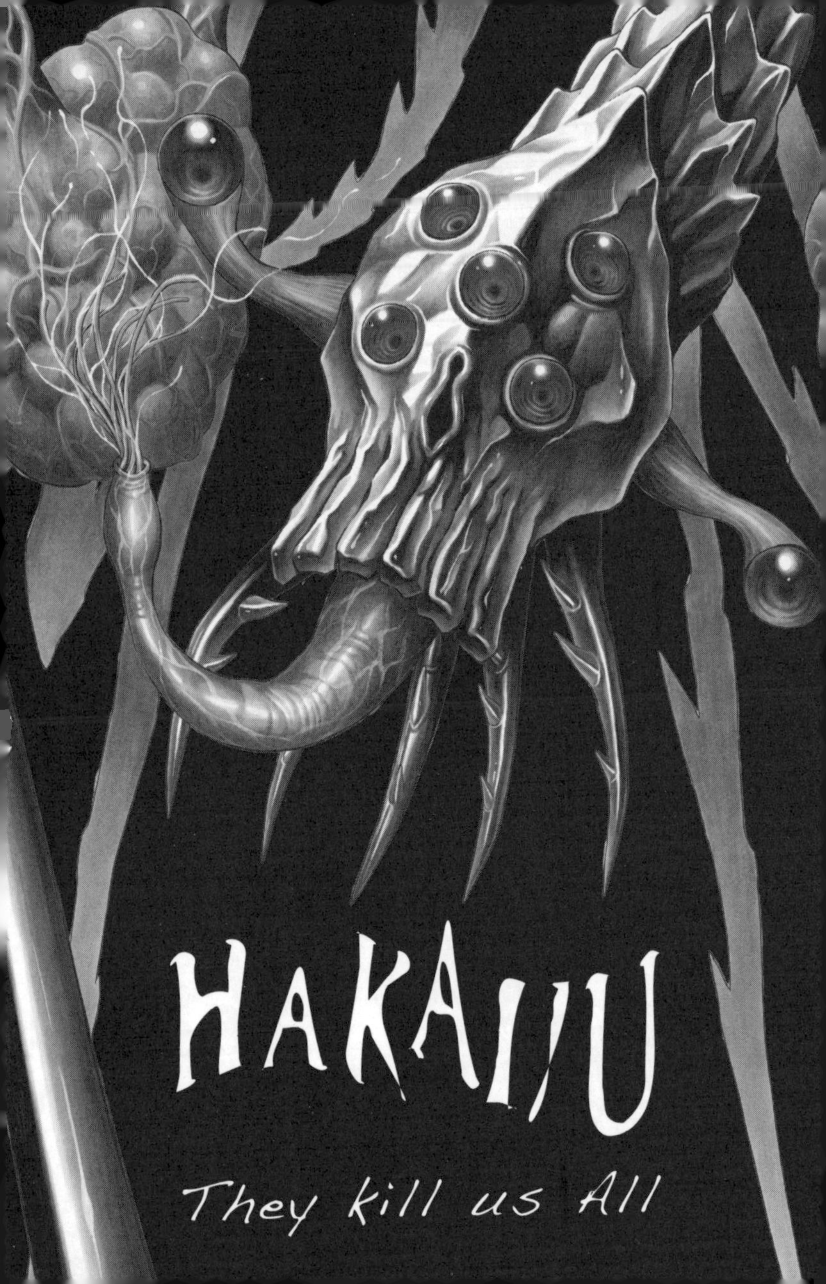
HAKAIJU
They kill us All

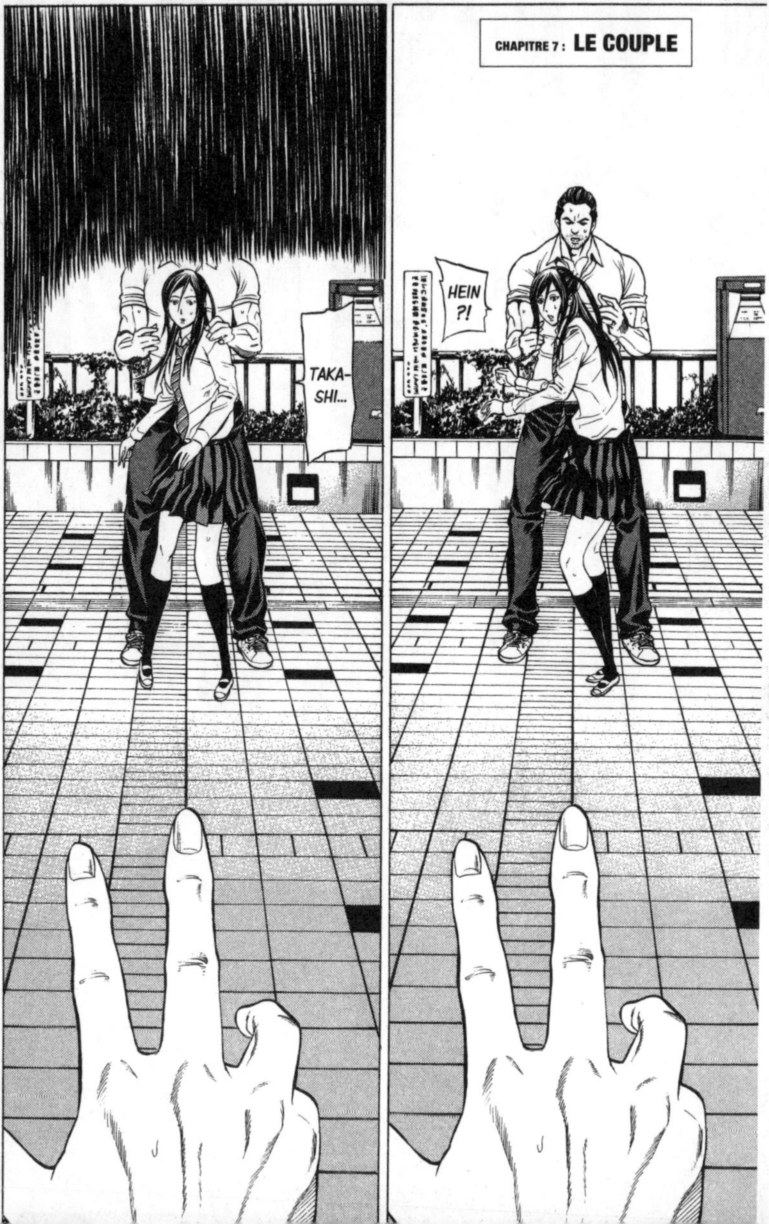
CHAPITRE 7 : LE COUPLE
HEIN ?!
TAKA-SHI...

GROOO
GROOO

CHAPITRE 7 : LE COUPLE

みしゃ
CRII
TAC
あ
TAC
あ
TAC
あ
TAC
あ
TAC
あ
TAC
あ
TAC
!!
あ
TAC
ざ
TAC
ざ
TAC
ざ
TAC
ざ
TAC
ざ
TAC
ざ
TAC
ざ
TAC
ざ
TAC

TAC
AAH
TAC
TAC
OUAH
QU...
TAC
AAAAAH
TAC
TAC

TAC
TAC
TAC
TAC
TAC
TAC

TAKA-SHIRO !!
ARRÊTE, SHIRASAKI !!
C'EST FINI POUR LUI !!
SI ON NE FUIT PAS TOUT DE SUITE, CE SERA NOTRE TOUR !!
QU...
C'EST QUOI ÇA ?

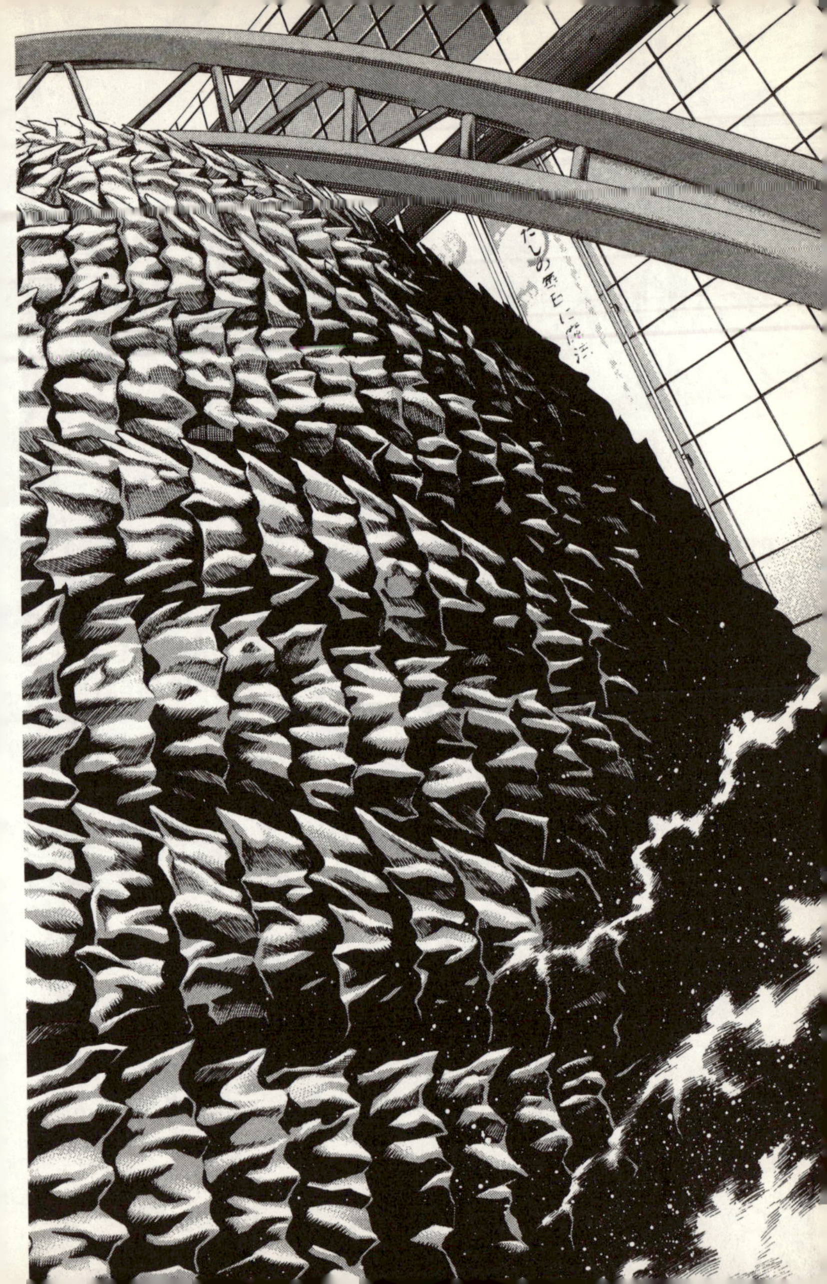

DEUX D'ENTRE EUX SE SONT ENROULÉS
ILS ONT FORMÉ UNE SORTE DE DÔME
ガッ
TCHAC
C'EST LE MOMENT !! FUYONS !!
NON !! TAKASHIRO EST ENCORE LÀ-DEDANS...
JE T'AI DIT DE LAISSER TOMBER !!
VIENS !
AÏE
CRRR

!!
CRII
CRII
VLIP
ILS SONT...
DE PLUS EN PLUS NOMBREUX !!
PAF

CHAP
?!
TAP
HEIN ?!
LÂCHEZ-MOI !!

LA FERME !!
TU TE TAIS ET TU FAIS CE QUE JE TE DIS !
...
EH... NE ME LAISSEZ PAS !!
バコッ

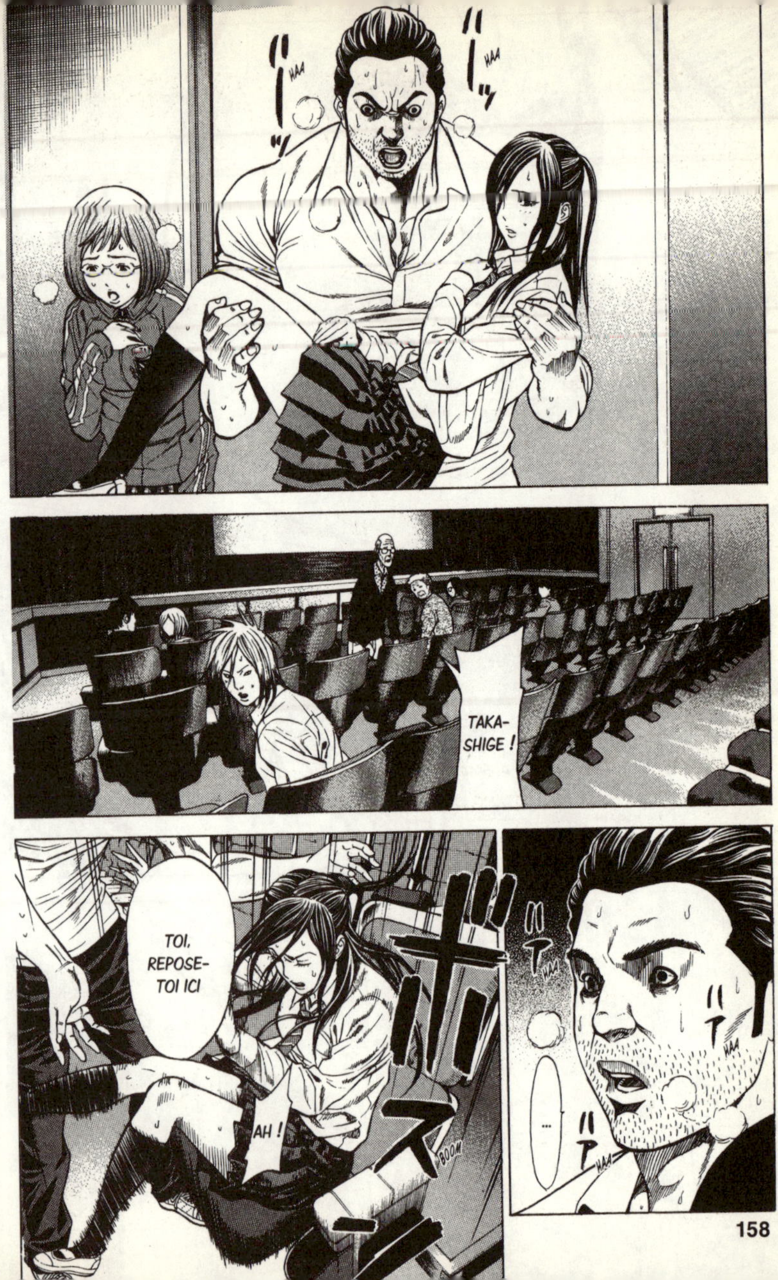
HAA
HAA
TAKA-SHIGE !
HAA
HAA
HAA
...
TOI, REPOSE-TOI ICI
AH !
BOOM

TAKASHIGE, QUELLE EST LA SITUATION DEHORS ? VOUS AVEZ APPRIS QUELQUE CHOSE ?
...
ET TAKA-SHIRO, OÙ EST-IL ?
...
NE ME DITES PAS QU'IL S'EST TRANSFORMÉ EN CETTE FILLE À LUNETTES ?!
JE SUIS...
IL EST MORT
...

IL A PROTÉGÉ SHIRASAKI...
UN DERNIER GESTE COURAGEUX
GLOUPS...
...
IL EST MORT...
LE CRÉTIN...
JE LUI AVAIS DIT DE RESTER ICI...

LE PAUVRE
J'AURAIS VRAIMENT DÛ Y ALLER...
IL Y A PLUS IMPORTANT ! LES SECOURS SONT-ILS ARRIVÉS ?
HUM... EUH... LES SECOURS ?
JE N'AI RIEN VU...
PAR CONTRE, IL Y A CE PRÉCIPICE !!
LARGE DE PLUSIEURS CENTAINES DE MÈTRES ET SANS FOND, IL ENTOURE TACHIKAWA !

NOUS NE POURRONS PAS QUITTER CETTE VILLE !
SANS COMPTER QUE LA BASE DE L'ARMÉE D'AUTO-DÉFENSE A ÉTÉ RASÉE
...
HEIN ?!
QUOI ?!
C'EST UNE BLAGUE TOUT ÇA...
TAC
TAKUYA
C'EST QUOI CETTE HISTOIRE ?!
NON

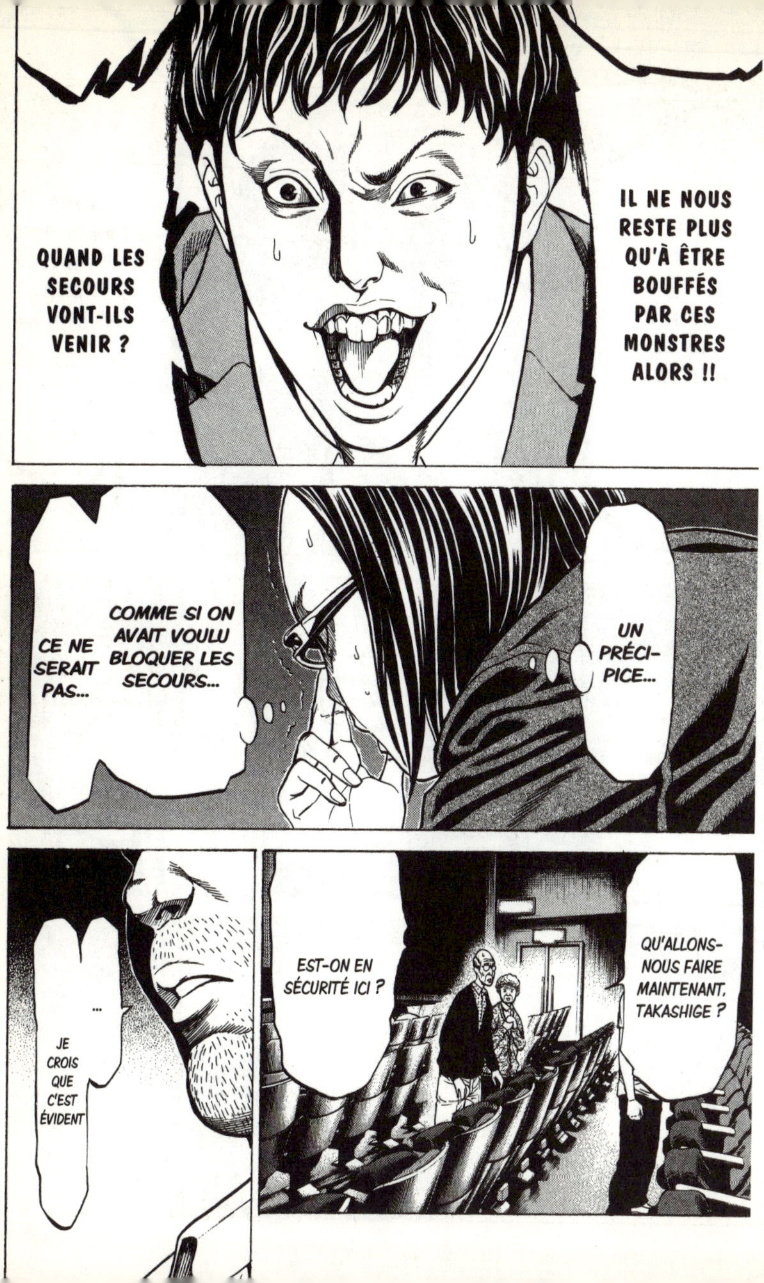
IL NE NOUS RESTE PLUS QU'À ÊTRE BOUFFÉS PAR CES MONSTRES ALORS !!
QUAND LES SECOURS VONT-ILS VENIR ?
UN PRÉCI-PICE...
COMME SI ON AVAIT VOULU BLOQUER LES SECOURS...
CE NE SERAIT PAS...
QU'ALLONS-NOUS FAIRE MAINTENANT, TAKASHIGE ?
EST-ON EN SÉCURITÉ ICI ?
...
JE CROIS QUE C'EST ÉVIDENT

NOUS SOMMES DANS L'ENDROIT LE PLUS SÛR DE TACHIKAWA
IL NE FAUT PAS LE QUITTER
...
JE VAIS VOUS DEMANDER DE RASSEMBLER D'ABORD LES RATIONS DE SECOURS
IL VA FALLOIR SE PRÉPARER POUR UN LONG COMBAT...
OUI...

JE M'EN VAIS
IL Y A ENCORE LA POSSIBILITÉ QUE TAKASHIRO SOIT EN VIE
JE VAIS LE SAUVER

EH
IL EST CENSÉ ÊTRE MORT, LA DÉLÉGUÉE ?!
ET TOI TU VEUX SORTIR
JE VAIS DEVOIR TE LE DIRE COMBIEN DE FOIS...
TU DOIS TE CONTENTER D'ÉCOUTER CE QUE JE TE DIS DE FAIRE !!

CRISS
CRISS
CRISS
CRISS

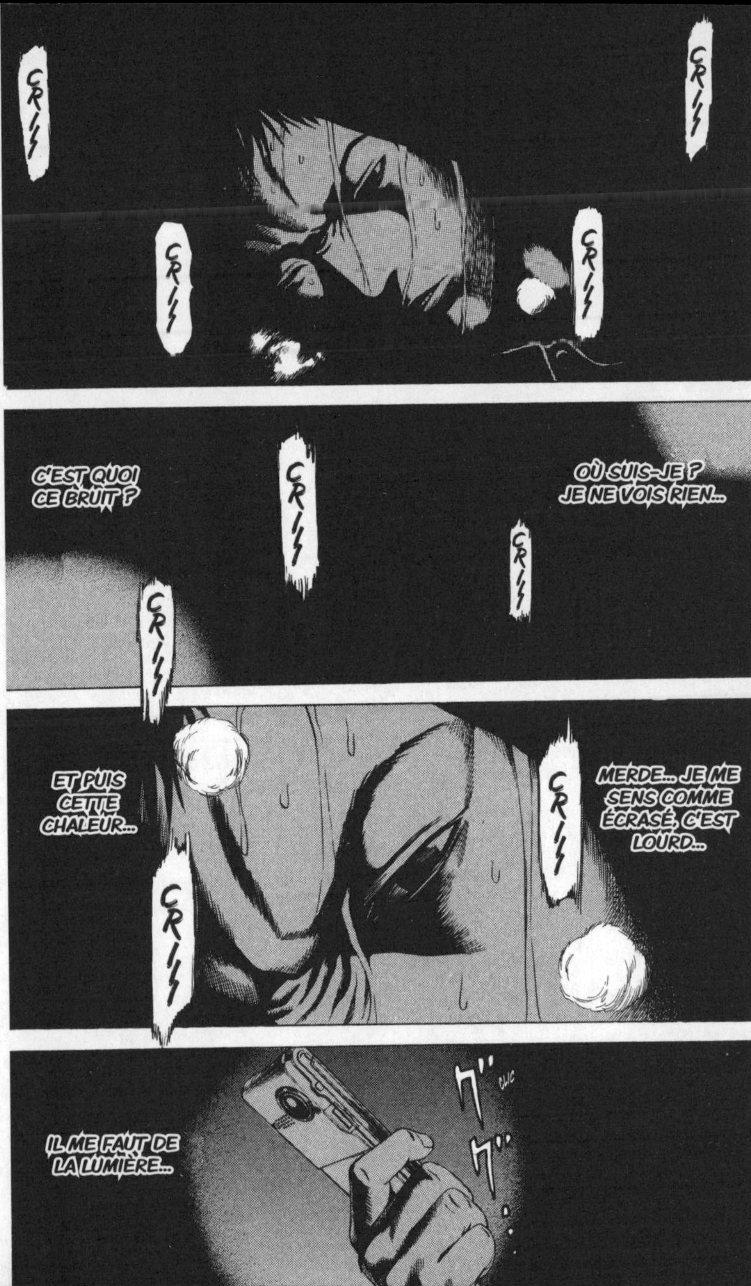
OÙ SUIS-JE ?
JE NE VOIS RIEN...
C'EST QUOI CE BRUIT ?
MERDE... JE ME SENS COMME ÉCRASÉ, C'EST LOURD...
ET PUIS CETTE CHALEUR...
CLIC
IL ME FAUT DE LA LUMIÈRE...

CLAC
CRISS
CRISS

CRISS
CRISS
CRISS
CRISS

CRISS
CRISS
CRISS
CRISS
JE SUIS ENCERCLÉ... ÇA CRAINT... ILS VONT ME BOUFFER...
...

CRISS
HEIN
ILS NE BOUGENT PAS...
ILS RESPIRENT MAIS...
ILS SONT BIEN PLUS PETITS
CLAC
JE DOIS SORTIR D'ICI !!
HAA
HAA
HAA
HAA
CRISS
CLAC
CLAC

PLOM
PLOP
PLOP
PLOM
CES BÊTES DONNENT NAISSANCE
À LEURS PETITS ?!

!!
CRISS
CRISS
CRISS
ELLE M'A VU...

GROOOO
PAF
?!
AAAAH
TAP

UN MUR ?!
BOOM
QUELQUE CHOSE SEMBLE BOUGER À L'INTÉRIEUR...
BOOM
BOOM

MER-
DE
IL Y A DES MURS PARTOUT !!
JE SUIS COINCÉ...
GRROOO
GRROOO

BOOM
?!
BOOM
BOOM
BOOM
BOOM
HEIN
?!
CRAC

BOM
BOM
BOOM
BOOM
BOM
BOOM
BOOM
BOOM
BOOM
BOOM
BOOM

BOOM
BOOM

BOOM
BOOM
BOOM
BOOM

ズ
BOOM
ズ
BOOM
ズ
BOOM
ズ
BOOM
ズ
BOOM
ズ
BOOM
みしゃあああ
CROOAAA
しゃあああお
CROOAAA

CROOAAA
CROOAAA
!!
P'AM
NON...
MES JAMBES ME LÂCHENT...
CLANG...

BOM
TAP
BOBOM
ILS VIENNENT DE NAÎTRE ET ILS ONT ENCORE DU MAL À SE DÉPLACER...
MAIS C'ÉTAIT QUOI CE TRUC ?
TAP
TAP

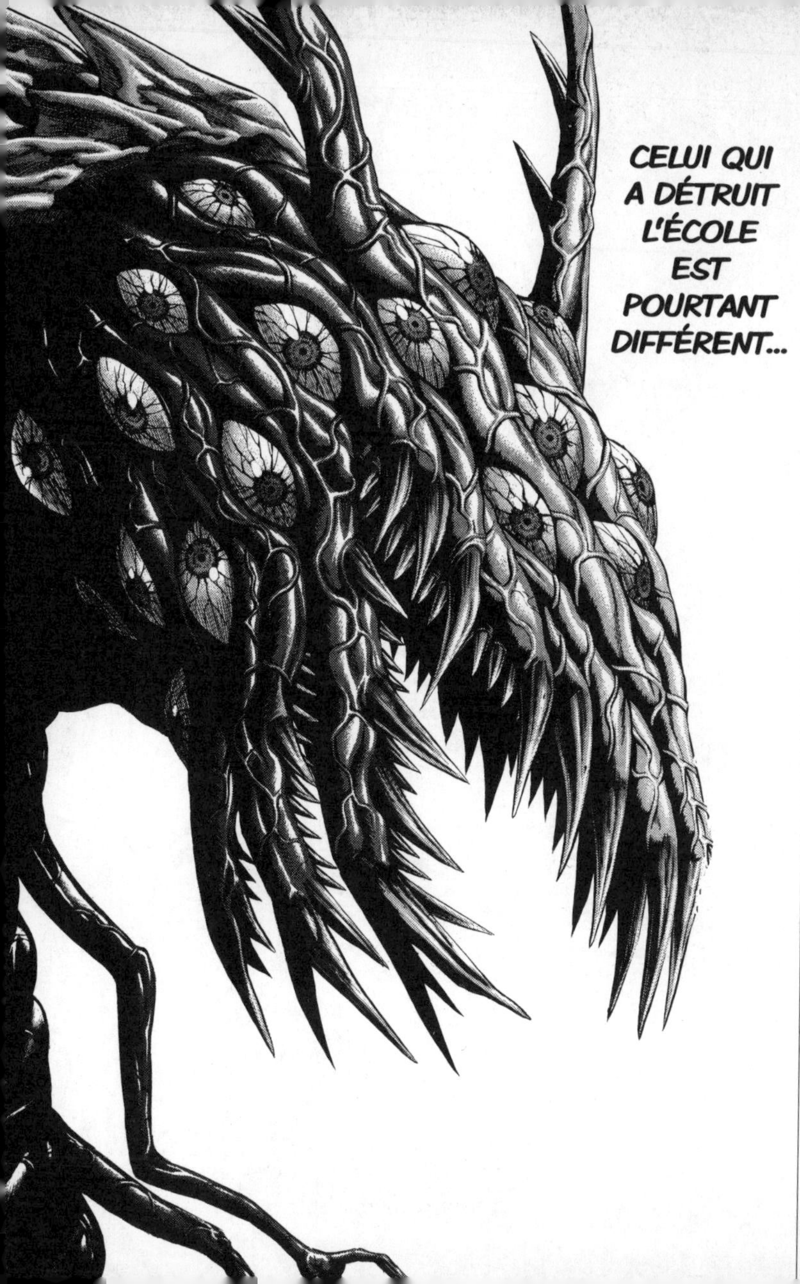
CELUI QUI A DÉTRUIT L'ÉCOLE EST POURTANT DIFFÉRENT...

?!
ISETAN
バリッ CRAC
バリ CRAC
バギッ CRAC
バギ CRAC

CRAC
POUR CEUX-LÀ AUSSI, C'EST PAREIL...
CRAC
ILS MUENT APRÈS AVOIR ACCOUCHÉ
AVEC ÇA, LES MONSTRES VONT PULLULER EN VILLE...
JE DOIS VITE PRÉVENIR LES AUTRES !!

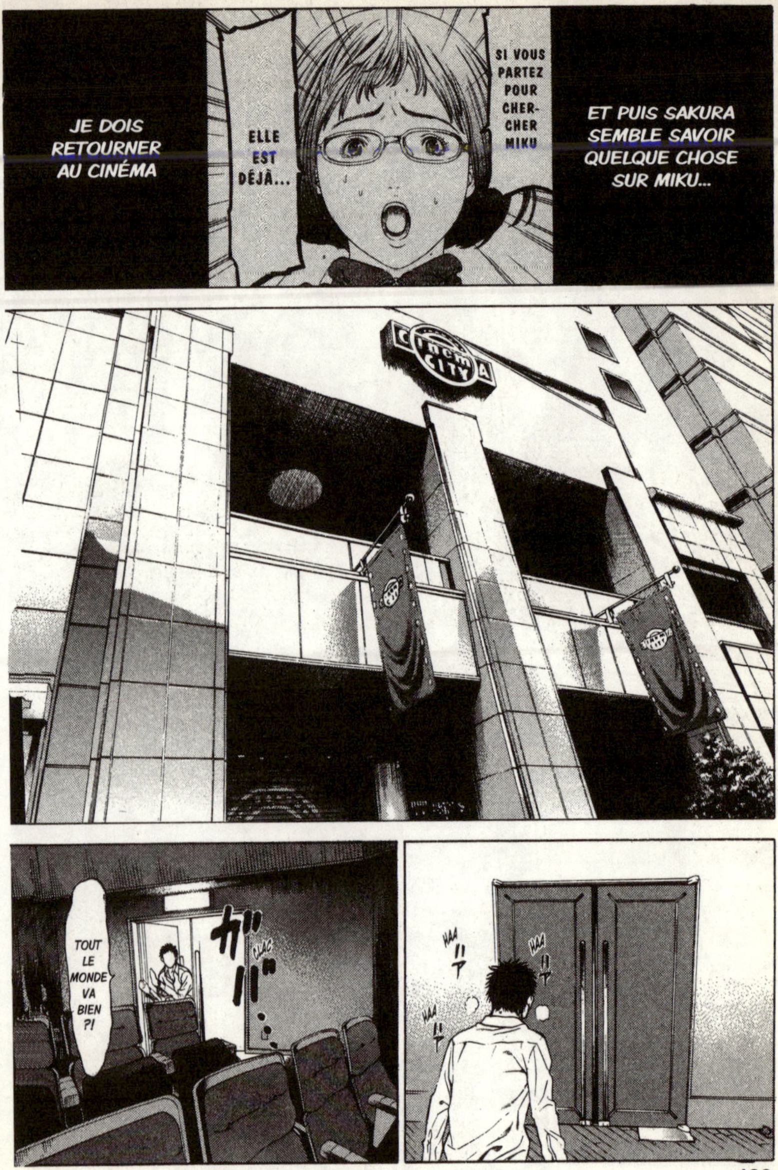
ET PUIS SAKURA SEMBLE SAVOIR QUELQUE CHOSE SUR MIKU...
SI VOUS PARTEZ POUR CHER-CHER MIKU
ELLE EST DÉJÀ...
JE DOIS RETOURNER AU CINÉMA
CINEMA CITY
HAA
HAA
HAA
CLAC
TOUT LE MONDE VA BIEN ?!

HEIN ?!
ILS NE SONT PLUS LÀ...

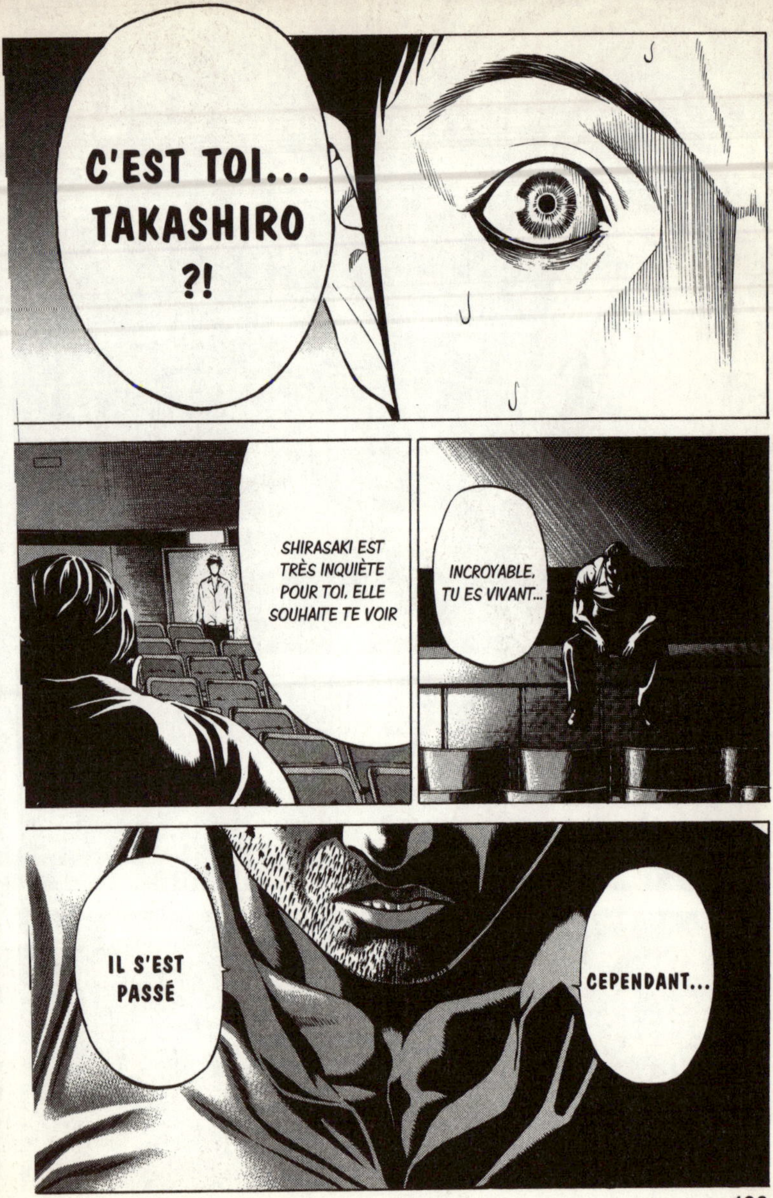
C'EST TOI... TAKASHIRO ?!
INCROYABLE, TU ES VIVANT...
SHIRASAKI EST TRÈS INQUIÈTE POUR TOI. ELLE SOUHAITE TE VOIR
CEPENDANT...
IL S'EST PASSÉ

QUELQUE CHOSE DE TERRIBLE DANS CE CINÉMA
HAKAIJU 2/ À SUIVRE

HAKAIJU

Volume 2

HAKAIJU Vol. 2

Originally published in Japan in 2010 by Akita Publishing Co. Ltd..
French translation rights arranged with Akita Publishing Co. Ltd.
through TOHAN CORPORATION, Tokyo.

6, cité Paradis – 75010 Paris
Site internet : www.editions-tonkam.fr
E-mail : ecrivez-nous@tonkam.com

Traduction et adaptation : Emmanuel Bochew
Lettrage et maquette : Éditions Tonkam

1re édition française : janvier 2012

Achevé d'imprimer en France en décembre 2011
sur les presses de CPI Aubin Imprimeur à Ligugé (Vienne)
Dépôt légal : janvier 2012

ISBN vol. original : 978-4-253-20425-5
ISBN : 978-2-7595-0780-1